滄海美術
藝術叢論

U0052829

唐畫詩中看

王伯敏著

東大圖書公司

國立中央圖書館出版品預行編目資料

唐畫詩中看／王伯敏著. --初版. --臺北
市：東大發行：三民總經銷，民82
　　面；　　　公分. --)滄海美術藝
術論叢)
ISBN 957-19-1472-X (精裝)
ISBN 957-19-1473-8 (平裝)

1.中國詩-歷史與批評-唐(618-907)

821.84　　　　　　　　82002067

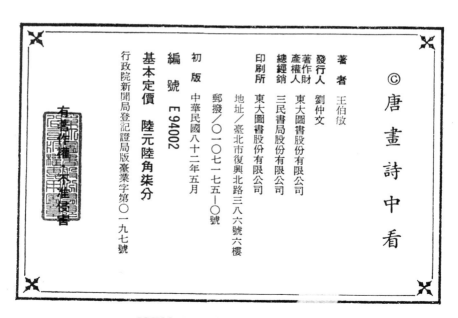

ⓒ 唐畫詩中看

著　　者　王伯敏

發 行 人　劉仲文

著作財
產權人　東大圖書股份有限公司

總經銷　三民書局股份有限公司

印刷所　東大圖書股份有限公司
　　　　地址／臺北市復興北路三八六號六樓
　　　　郵撥／〇一〇七一七五—〇號

初　版　中華民國八十二年五月

編　號　E 94002

基本定價　陸元陸角柒分

行政院新聞局登記證局版臺業字第〇一九七號

ISBN 957-19-1473-8 (平裝)

晉　顧愷之
　洛神賦圖
（部分・宋摹本）

北齊　山西婁叡
墓壁畫
（部分）

唐　西安懿德太子墓壁畫
架鷹圖

唐　西安章懷太子墓壁畫
出獵角鷹圖

唐 西安草懷太
子墓壁畫
狩獵圖

唐　西安永泰
　　公主墓壁畫
　　侍女圖

唐　李眞
不空金剛像

唐　新疆吐魯番
　　阿斯塔那唐
　　墓室壁畫屏風
　　花鳥圖

唐　無款　遊騎圖卷（部分）

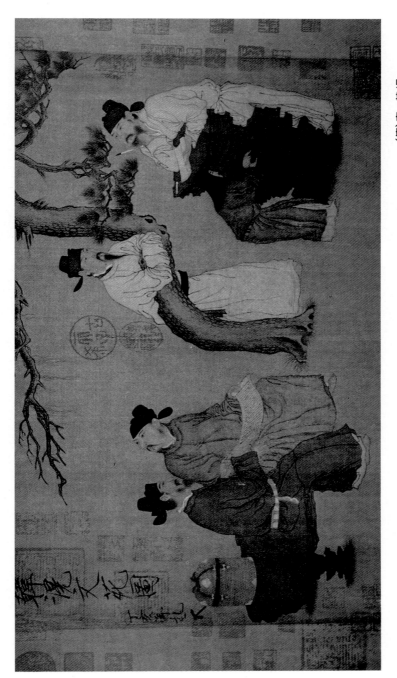

（傳）唐 韓滉 文苑圖

唐　韓幹
神駿圖
（部分・疑五代作品）

神駿圖之部分放大之一
之二

夜宴圖之部分放大

五代　顧閎中
　　韓熙載夜宴圖（部分）

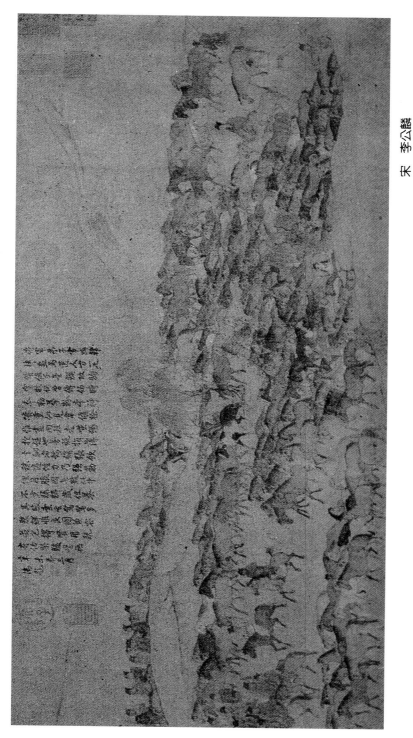

宋　李公麟
臨韋偃放牧圖（部分）

宋　王希孟
千里江山圖
(部分)

宋　無款
江山秋色圖
（部分）

宋　馬遠
松下閑吟圖

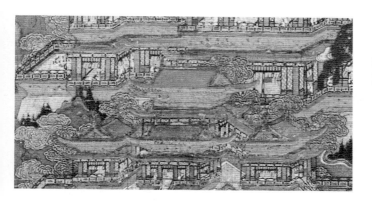

仙山樓閣圖
之部分放大

宋　無款
　仙山樓閣圖

黃鷹古檜部分放大

元　雪界、張師夔
黃鷹古檜

明　謝環
杏園雅集
（讀畫題詩部分）

明 仇英

李白詩意圖（春夜宴桃李園圖局部）

柘溪草堂之部分放大

清　吳宏
　　柘溪草堂(部分,
　　杜詩:「屈鐵交
　　錯迴高枝」)

清　蘇六朋
　　李白醉酒圖

清　蘇六朋
　李白作清平調圖

王伯敏 李白詩意圖（征帆）

王伯敏 書
李白詩意

李白、杜甫的論畫詩

代序

　　李白、杜甫是我國歷史上的偉大詩人。他們所活躍的
期間，正是我國農業社會的輝煌時代。當時的文學藝術，
包括詩歌、繪畫、書法、雕塑、音樂、舞蹈，都有極大的
發展，位於古代世界文化的前列。「盛唐之畫」，在我國繪
畫史上佔著重要的位置。當時，大畫家輩出，他們在藝術
上的創造，對當時和後世東方各國影響很大；他們的繪畫
作品，不論是人物、山水、花鳥以至鞍馬、臺閣、雜畫等，
都達到了前所未有的水平。李白、杜甫是慧眼識藝的詩星。
他們的論畫詩，對這個時代的一些畫家和作品，寫下了精
湛的評論，和由看畫而引起來的許多聯想。這些評論和聯
想，不但是我國古典文學中的珍貴遺產，也是我國畫學史
上的重要文獻。

　　藝術，離不開社會，離不開時代。在李白、杜甫的論
畫詩中，同樣可以聽到他們那個時代的心聲。李白在看了
當塗趙炎少府那裏的山水畫和博平王志安少府那裏的山水
粉圖後，所寫的「沉吟至此願掛冠」的詩句，與他在《江
上吟》中說的「功名富貴若長此，漢水亦應西北流」一樣，
透露出他那「世途多翻覆」的生活感受，傾訴了他對人生
和社會的看法。在唐代社會裏，各種矛盾不可能不直接波
涉到像李白那樣的文人生活，並影響他們的思想，從而使
他們逐漸看到了整個時代沒落的趨向。李白的論畫詩雖不

1

多，但都體現了這一點。杜甫，也不例外，他曾身居繁華的長安近十年，但生活窮困，遭人白眼。所以在奉先劉少府處觀賞新畫山水障時，竟從「融心神」中而嚮往於山林隱逸，繼而反顧自身，作不禁感慨之嘆，並對自己提出了：

「吾獨胡爲在泥滓」的疑問。正因爲他有這樣的生活經歷，所以他比較清醒地看到了所謂「盛世」的混濁，看出了日益加深的社會矛盾。杜甫的其它論畫詩如《畫鶻行》、《天育驃騎歌》等作品，也都是「托物興辭」，反映出封建統治階層內部蘊藏著不可解決的矛盾，預示著封建社會走向下坡的徵兆。

李、杜的論畫詩，只佔他們全部詩作的小部分。李白流傳下來的一千餘首詩中，論畫詩只有十八首。杜甫比較多一些，也只近三十首，佔他現存全部詩歌的百分之二。不過，就這些論畫詩，已足以表達唐代文人對於民族繪畫的欣賞和要求。李白在《當塗趙炎少府粉圖山水歌》中提到的「驅山走海置眼前」，在題畫像中提到的「圖眞」等，杜甫在《戲題王宰畫山水圖歌》中說的「咫尺應須論萬里」等，都道出了繪畫必須「師法造化」，「妙造自然」，以及繪畫如何使筆、佈勢、遺貌取神等道理。杜甫的「十日畫一水，五日畫一石」，還透徹地說出了藝術創作必須具有認眞嚴肅的態度。其餘在《丹青引》、《題壁上韋偃畫馬歌》等詩中，在題畫山水詩中，詩人說的「蓬壺來軒窗；瀛海入几案」，「白波吹粉壁，青嶂挿雕梁」，「高浪垂翻屋，崩崖欲壓床」等，不僅讚許了畫家畫藝的高明，同時又以浪漫主義的手法，「使筆如畫」，把「無聲」變爲「有聲」，給讀詩者以美的享受，並使人們加深了對這些繪畫作品的理解，和進一步了解了詩人對晉、唐許多畫家的評價。在李、

杜的論畫詩中，還告訴讀者，藝術創作離不開想像，而藝術欣賞，也同樣有賴於想像。這些想像，都具有它的一定創造。通過記寫畫鷹、畫鶴，以及畫歷史故實的作品，還提到了生活與創作、感情與創作等問題。這對了解中國傳統繪畫和對畫學的研究，都具有較大的參考價值。

李白和杜甫不僅對繪畫，而且對其它藝術，諸如書法、音樂、工藝、舞蹈等等，都具有廣泛的興趣和愛好，以及深湛的見解。他們還直接或間接地從這些姐妹藝術中，深化自己的藝術感受，幫助自己的藝術創作。他們之所以具有識藝的慧眼，正是由於有多方面的藝術涵養所使然。他們看畫、聽音樂、觀舞劍，不僅僅作爲一種美的享受，更是作爲「從多方面吸取時代的陽光、水分以及養料，從而增長自己藝術的生命力」。

在我國歷史上，盛唐的詩、盛唐的畫、盛唐的書法、盛唐的音樂、盛唐的舞蹈，舉世矚目，李白、杜甫、韓愈、吳道子、王維、顏眞卿、張旭、公孫大娘……的名字，成爲時代的驕傲。李白、杜甫的藝術成就，包括他們的藝術評論，可以代表那個時代的藝術水平與審美要求，並反映那個時代的脈搏。蘇軾在評吳道子的畫時說：「出新意於法度之中，寄妙悟於豪放之外」，這兩句話，其實也可以用來概括李、杜的詩歌。

詩與畫是姐妹藝術。歷來有「詩是無形畫，畫爲無聲詩」的說法。李白的「孤帆遠影碧空盡，惟見長江天際流」，「兩岸青山相對出，孤帆一片日邊來」，杜甫的「花動朱樓雪，城凝碧樹烟」，「花遠重重樹，雲輕處處山」，「山行落日下絕壁，南望千山萬山赤」，分明都是畫。或者是，一首好詩配畫，或一幅好畫配詩，皆相得益彰，可以充分發揮

語言藝術和造型藝術的特長，使作品更具藝術的感染力。讀李、杜的論畫詩，使我們深切地感受到詩畫的血緣關係，也使我們體會到，詩人與畫家有相互滲透的微妙處。即是說，詩人具有了畫家的眼力，他的詩歌，不僅有聲，而且有色；畫家具有了詩人的涵養，他的繪畫，不僅有色，而且有聲。詩與畫如姐妹兄弟。在歷史上，就有不少詩人而兼畫家，也有不少畫家又是詩人。

唐人以詩論畫的，在李、杜前後都有，如宋之問、王維、岑參、高適、顧況、劉長卿、韓愈、柳宗元、白居易、元稹、劉禹錫、皮日休等，都有作品。或贊壁畫，或題畫扇，或評畫松、畫竹，都留下了膾炙人口的名句。白居易為協律郎蕭悅寫的《畫竹歌》，「不根而生從意生，不筍而成由筆成」，又「舉頭忽看不似畫，低耳靜聽疑有聲」，正是評論了畫，又再現了蕭悅的畫的生動性。不少詩人因為特別喜愛山水畫而吟出了長詩。固然，奇妙的山水畫，「能令堂上客，見盡湖南山」，出色的論畫詩，又何嘗不使讀者「似見畫中山」，甚至「似與畫師說短長」。

這裏，順便說一個小問題。清·沈德潛在《說詩晬語》中說：「唐以前未見題畫詩，開此體者，老杜也」。這則論述，說明杜甫的「題畫詩」開出異境，特別引起了後人的重視。但就事實而論，在唐人的論畫詩中，如宋之問的《咏省壁畫鶴》，陳子昂的《咏主人壁上畫鶴》等，都在杜甫出生之前就問世了，就是比杜甫出生早數十年的李邕，也曾寫出了「醉裏呼童展畫，笑題松竹梅花」的《題畫》詩。所以杜甫並非此體的「開創者」。我們這樣說，當然絲毫不影響對杜甫詩歌卓越成就的評價。

本集共收李、杜論畫詩四十七首，讀詩散記三十七篇。

散記著重從畫史畫論的角度，對這些詩歌進行初步探討，
意在談畫，所以有些論述，不涉文學，未免有離題之嫌。
李、杜詩注，版本甚多，新出版者也不少，故未輯錄。限
於水平，散記中不妥或差錯之處難免，尚祈達者鑒正。

一九七八年五月於杭州

唐畫詩中看

目次

卷一　唐朝繪畫詩中看

李白論畫詩

一、論畫山水

《瑩禪師房觀山海圖》

真僧閉精宇，滅跡含達觀。

列障圖雲山；攢峰入霄漢。

丹崖森在目；清畫疑卷幔。

蓬壺來軒窗；瀛海入几案。

烟濤爭噴薄；島嶼相凌亂。

征帆飄空中；瀑水灑天半。

崢嶸若可陟；想像徒盈嘆。

杳如真心冥；遂諧靜者玩。

如登赤城裏，揭涉滄洲畔。

即事能娛人，從茲得蕭散。①

我國自商、周、春秋、戰國、秦、漢而至隋、唐，壁

---

① **精宇**——即精舍，佛家所居，如祇園精舍，竹林精舍，《晉書》
有載，昔時「立精舍於殿內，引諸沙門以居之」。

滅跡——隱居避世之義，謝靈運有「滅跡入雲峰」句。

蓬壺——指蓬萊仙島。

瀛海——大海，泛指仙島所在之海上。

噴薄——水湧起貌，此形容煙濤滾滾。

真心——此指無雜念之心。

赤城——此指浙江天臺赤城山。

揭涉——言褰裳渡水，在膝之下曰揭，亦有作緩步漫行解。

畫流行，宮殿、寺觀、石窟、學府、衙署、旅舍以及墓室，壁上都有圖畫。或畫「聖賢」、「忠烈」，或繪「道釋」、「天地鬼神」，或寫「山靈海怪」，以至山水、花鳥、走獸，正是「品類群生」，「曲盡其情」。到了五代、宋、元、明、清，不絕如縷，成為我國建築裝飾上的重要部分。李白在這首詩中記敘的，是寺觀僧房列障上的山水畫。因為畫的內容是蓬壺、瀛海等仙島，所以詩人稱之為《山海圖》。這種圖，至今還可以從宋人畫的《仙山樓閣圖》、《瓊臺仙侶圖》、《蓬瀛圖》中見其大略。

唐、宋的《山海圖》，通常畫神仙所居的東瀛，說是「山產不凋之木，地茂常青之草，桃李榮萬年之春，羽毛翔不死之鳥」，又說是「峰嵯峨兮疊青蓮，樹青葱兮生紫烟，三神山兮起空濛，十二樓兮懸珠簾，冥冥寂，其樂未央。」這些描繪的境地，具有濃厚的道家意趣。然而在瑩禪師的僧房中，這種異教的藝術品居然被布置、被欣賞，這似乎是一件相矛盾的事。其實這在當時並沒有什麼稀罕。道教秉承古代神仙的傳統，說東海有仙島，清淨無塵垢，還說「至高無比」，所以畫之以圖；而佛教的淨土宗，無非說西方有極樂世界，美妙非凡，居住那裏，無愁苦，無驚險，而且黃金鋪地水銀為池，四季長春，極樂無比，也同樣畫之以圖。這些畫圖，全都是一種幻想的境界。敦煌莫高窟的唐代壁畫，就有大量「淨土變」，而且都是巨幅之作。說穿了，道釋二家在這些幻想上，並沒有實質上的分別。所以道家也在欣賞佛教的畫圖，譬如李白，是一位信道的文人，但他不但與和尚打交道，還寫過一首《金銀泥畫西方淨土變相贊》，反映了道家欣賞佛家「極樂圖」的情況。道家既然如此，和尚怎麼不可以欣賞道家的「仙山圖」呢。

唐畫詩中看

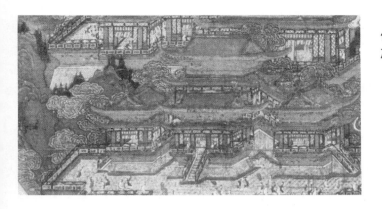

仙山樓閣圖
之部分放大

宋　無款
　仙山樓閣圖

唐　敦煌莫高窟
217 窟壁畫
西方淨土變

這幅《山海圖》所描繪的景色，詩人說是「攢峰入霄漢」，「烟濤爭噴薄；島嶼相凌亂」，又說是「征帆飄空中；瀑水灑天半」。由於詩人原「好神仙」，所以面對這障圖畫，不禁「杳與真心冥」，以至產生「如登赤城裏，揭涉滄洲畔」的種種聯想。並感到「丹崖森在目；清晝疑卷幔。蓬壺來軒窗；瀛海入几案」。這是把畫景與列障的環境融合起來寫，把畫寫活了，使讀者如坐列障之前，如入畫景之中。類似的評畫，在李白詩中不少，在唐人的其它論畫詩中也屢見不鮮。茲舉數例，以為參照：

杜甫在《奉先劉少府新畫山水障歌》中有句云：

「堂上不合生楓樹，怪底江山起烟霧。」

在《奉觀嚴鄭公廳事岷山沱江畫圖十韻》中有句云：

「沱水流中座，岷山到此堂。

白波吹粉壁，青嶂揷雕梁。」

在《觀李固清司馬弟山水圖三首》中有句云：

「高浪垂翻屋，崩崖欲壓床」。

王季友在《于舍人壁畫山水》中有句云：

「野人宿在人家少，朝在此山謂山曉。

半壁仍棲嶺上雲，開簾欲放湖中鳥。

獨坐長松是阿誰？再三招手起來遲。

于公大笑向余說，小弟丹青能爾為。」

白居易在《題蕭悅畫竹歌》中有句云：

「舉頭忽看不似畫，低耳靜聽疑有聲。」

劉長卿在《會稽王處士草堂壁畫衡霍》中有句云：

「能令堂上客，見盡湖南山。

青翠數千仞，飛來方丈間。」

岑參在《題李士曹廳壁畫度雨雲歌》中有句云：

「似出棟樑裏，如何風雨飛。

椽曹有時不敢歸，謂言雨過濕人衣。」

上列這樣的描寫，以虛就實，巧妙地形容了繪畫作品的生動性，達到了畫固然生動，詩也寫得有聲有色的境地。

在繪畫史上，類似這樣形容作品的例子是不少的。如張彥遠《歷代名畫記》中就說吳道子「幼抱神奧，往往於佛寺畫壁，縱以怪石崩攤，若可捫酌。」又記述吳道子在長安菩提寺畫的菩薩，能表現出「轉目視人」的神態。至於民間形容繪畫動人，說得「活龍活現」的不勝枚舉，只不過在言詞上更通俗而已。譬如讚美一棵梅樹畫得好，竟說每年多天開花，香氣撲鼻。又如讚美一幅「美女圖」畫得好，便說「畫中人趁人不留意時會從畫中跑出來，還給她的意中人燒飯、做菜、補衣服。」李白在這首詩中，把圖中所畫的蓬壺和瀛海形容得非常生動，好像真的把神仙境地搬到了讀者眼前，但是詩人又不用「眼前」這樣的詞，卻說「來軒窗」「入几案」，具有畫中之畫的意味。讀者雖未見到這幅山海圖，卻可以在詩中見到或者體會到。

這首詩是李白三十歲遊洛陽龍門寺期間所作。當時李白正與道人元丹丘交往，並偕其隱居嵩山。面對這幅山海圖，詩人怎能不為之神往。這首詩，可以說既是對畫的讚賞，又是醉於道的流露。

《觀元丹丘坐巫山屏風》

昔遊三峽見巫山，見畫巫山宛相似。

疑是天邊十二峰，飛入君家彩屏裏。

寒松蕭颯如有聲，陽臺微茫如有情。

錦衾瑤席何寂寂；楚王神女徒盈盈。

高咫尺，如千里，翠屏丹崖粲如綺。

蒼蒼遠樹圍荊門；歷歷行舟泛巴水。

水石潺湲萬壑分，烟光草色俱氤氳。

溪花笑日何年發？江客聽猿幾歲聞？

使人對此心緬邈，疑入高丘夢彩雲。②

　　李白與元丹丘是知交。寫這首詩是在開元二十二年（公元七三四年），時李白三十四歲。他當日經汝海，遊龍門，至洛陽，旋與元丹丘偕隱嵩山。這一年李白有《題元丹丘潁陽山居》詩，序云：「丹丘家於潁陽，新卜別業，其地北倚馬嶺，連峰嵩丘，南矚鹿臺，極目汝海。雲岩映郁，有佳致焉。白從之遊，等有此作」。詩中所言的「新卜別

② **巫山**——在四川，為三峽中一景。相傳為神仙所居。杜甫有「巫山巫峽氣蕭森」句。

十二峰——實指巫山有望霞、翠屏、朝雲、松巒、集仙、聚鶴、淨松、起雲、棲鳳、登龍等十二峰。

瑤席——以瑤為席。

荊門——屬荊州。天寶元年改江陵郡，荊門屬之。今湖北宜都縣西北，長江南岸，與北岸虎牙山相對。

巴水——在巫山的上流，或泛指四川的江流。

潺湲——水流有聲。

緬邈——思深時久之義，陶潛《閑情賦》中有「悲白露之晨零，顧襟袖以緬邈」句。亦有作髣髴解。

業」，可能是李白寫這首詩的地方，那麼，「巫山屏風」當然陳設在這座「別業」中。

元丹丘，河南穎陽（今登封之西）人，是一個學道的隱士。李白不但與他一起談玄，還與他同時學道。李白給他寫了好多詩，有《元丹丘歌》、《聞丹丘子營石門幽居》、《穎陽別元丹丘之淮陰》、《尋石門山中元丹丘》等。在《元丹丘歌》中，李白用白描手法，給元勾出了一幅畫像：

> 元丹丘，愛神仙。
>
> 朝飲穎川之清流，
>
> 暮還嵩嶺之紫烟。
>
> 三十六峰常周旋。

還描寫他是「青春臥空林，白日猶不起」，陶醉於山水雲烟間的「逸人」。

唐畫詩中看

元丹丘宅中的這座「彩屏」，畫的是巫山巴水的風光。李白對這座「彩屏」，最先感覺到的是「天邊十二峰」，「飛」到了畫裏。這個「飛」字，含義極深，既點出了畫家構思的神奇，又道出了畫家的心敏手巧，一揮即就。這是詩人的語言，也是繪畫行家的評介。詩人還說「蒼蒼遠樹圍荊門；歷歷行舟泛巴水」，「水石潺湲萬壑分，烟光草色俱氤氳」，這些畫景，是李白昔日遊三峽時見到過的。他的《上三峽》、《秋下荊門》、《自巴東舟行經瞿塘峽登巫山最高峰晚還題壁》及《宿巫山下》諸詩，都可以用來作證。只是在《秋下荊門》中，李白記他那時的所見是「霜落荊門江樹空」，在畫屏中的荊門，則是「蒼蒼遠樹圍荊門」。一是「江樹空」，一是「遠樹蒼蒼」，正是此一時，彼一時。也反映了凡畫山林隱逸的畫家，可以取蕭疏之景，也可以用茂密之意。同是巴水，李白在《上三峽》一詩中，用「巫

山夾青天，巴水流若茲」之句來形容，一個「夾」字，就把三峽的奇險形象地表達出來了。對彩屏上的巫山巴水圖，詩人說是「高咫尺，如千里」，「水石潺湲萬壑分」，把三峽的「夾青天」，通過繪畫藝術的視覺形象而加以生動地再現。

彩畫屏風，唐代非常流行。韓偓在《己涼》詩中，提到「碧欄杆外繡簾垂，猩色屏風畫折枝」。杜甫詩中，也提到咸陽張賣畫有巫峽風光的「寶屏」。在敦煌莫高窟的壁畫中，如九窟、一○三窟、二二○窟、三三五窟的壁畫《維摩詰經變》，都畫有屏風，維摩所坐臺子的後邊，就陳列著可以摺疊的畫屏。從這些壁畫畫屏中，可以了解當時屏風的式樣。此外，在新疆吐魯番阿斯塔那唐墓中，也出土屏風，如阿斯塔那一八八號墓，發現牧馬屏風八扇，屏風以木框爲骨架，框上表糊絹畫；又如二三○號墓，則發現絹畫樂舞屏風六扇。唐代的畫屏，據《戚氏長物志》說：通常高五至六尺，四片、六片、八片不等，可在室內隨意搬動，折疊時不規大小。另一種高大的通稱屏障，或稱列障，如瑩禪師僧房中所陳式的。在杜甫的詩中，也提到奉先縣尉劉單父子新畫山水障。這些畫圖屏障，當時有一定的價格。張彥遠在《歷代名畫記》〈論名價品第〉一節中記載，「董伯仁、展子虔、鄭法士、楊子華、孫尚子、閻立本、吳道子屏風一片值金二萬，次者售一萬五千」。卻不知元丹丘的這座爲李白所欣賞的畫屏是何人手筆。

關於「吳道子屏風一片值金二萬」，這裏想附帶說一說。雖然離題，但也有趣。考唐代的二萬金，即二萬錢。現在擬以米的數量作大概核計。《舊唐書》卷九〈玄宗紀〉及《資治通鑑》卷二百十四載：開元二十八年，「米石不滿

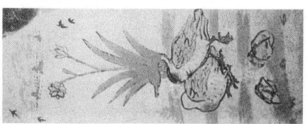

唐　新疆吐魯番
阿斯塔那唐墓室壁畫屏風
花鳥圖

唐　新疆吐魯番
　阿斯塔那唐
　墓出土絹畫
　舞樂屏風
　（之一）

唐　新疆吐魯番
　　阿斯塔那唐
　　墓出土絹畫
　　奕棋仕女圖

唐　無款
明皇幸蜀圖（部分）

唐　敦煌莫高窟
103 窟壁畫
法華經變
（化城喻品，部分）

二百錢」。《新唐書》卷五十「食貨志」載：天寶五年，「米石一百三十錢」。又同書載：至天寶十三年，米價上漲，「米石二千一百錢」。畫家吳道子享盛名，是在開元、天寶間，根據當時情況，就以米石一百八十錢計，吳畫屏風一片，可換來一百十一石。唐代屏風，通常爲六片，則吳畫屏風一堂六片，換米六百六十六石。據吳承洛《中國度量衡史》記載，唐制米一石，合今米 0.5944 石，故唐米六百六十六石，合今米爲三百九十六石。又我國容量習慣，米十斗爲一石，即一百五十斤，照這樣計算，吳道子畫屏風一堂六片，其值爲白米六萬斤。至於當時被比作「百家」的一般畫家，他們的取值，當然不能與吳道子相比了。而元丹丘家的屏風，其價究竟如何，只好留待今後好事者的談話，本文不作一一了。

《觀博平王志安少府山水粉圖》

粉壁爲空天，丹青狀江海。

遊雲不知歸，日見白鷗在。

博平眞人王志安，沉吟至此願掛冠。

松溪石磴帶秋色，愁客思歸坐曉寒。③

讀這首詩，就傳統的山水畫而言，有兩點值得注意：一是「粉圖」；二是「粉壁爲空天」。

③　**博平**——屬河北道博州，今山東聊城縣西北。

　　掛冠——休官之謂。《南史》載：蕭际素爲諸暨令，到縣十餘日，掛衣冠於縣門而去。

　　石磴——登涉之道，磴或作嶝。

　　坐曉寒——一本作生曉寒

在唐人的題畫詩中，常常提到「粉圖」。有人解釋爲彩畫的一種，並認爲「雜粉色而繪之」，還有人把它與「粉繪」並提。其實，「粉圖」就是在粉壁上畫的圖。李白在《同族弟金城尉叔卿燭照山水壁畫歌》中，就明確地說是「高堂粉壁圖蓬瀛」。至今保存在敦煌莫高窟的壁畫，都可以稱之爲「粉圖」。但壁畫不一定都是「粉圖」，如畫於木板漆面上的壁畫，以及日本所稱的「金碧障壁畫」，都不能稱它爲「粉圖」。

既然「粉壁」爲壁畫的畫底，則「粉壁爲空天」，就是以「粉壁」的本色作爲天色。李白所見的這壁山水畫，「天空」就是沒有勾線，也沒有賦彩設色的。在這首詩中，作者對「粉壁爲空天」是作爲首句提出來的，它與下句「丹青狀江海」，成爲明顯的對照。這是說，一種不用「丹青」而表現出有「空天」的感覺；一種用上「丹青」，畫出江海之狀。「粉壁爲空天」在唐畫中不多見。唯敦煌莫高窟的二一七窟南壁，所畫法華經變中的化城喻品，天空是不施顏色的，因爲不多見，竟給人以較新鮮的感覺。所以詩人看了王少府署中不以彩色畫天的作品，自然感到新鮮。原來中國山水畫是青綠著色的，「空天」及水，往往用石青石綠來渲染，自六朝至唐宋，一般都如此。東晉畫家顧愷之撰《畫雲台山記》，其中提到「清天中，凡天及水色，盡空青，竟素上下以映日」。可證這個時期畫天畫水，曾經用過「空青」。「空青」是礦物質的顏料，《歷代名畫記》早就提到「越雋（今之四川西昌東）之空青，蔚之曾青，武昌之扁青」。至於唐畫山水，如李思訓、李昭道的金碧設色，水、天皆畫色。敦煌莫高窟唐畫山水，如二十三窟壁畫《法華經變》中的配景，山用闊筆刷染，雲則勾線施彩；一四八窟中唐

壁畫《涅槃變》的左上部，畫青山綠樹，以赭色爲土坡，山間有雲，天空染朱色爲晚霞。又如一五九窟中唐壁畫《佛教故事》，多以「青綠山水」爲景，天空也是施染色彩的。其它如一七二窟、三二〇窟、三二一窟等壁畫山水，天空都「以丹青狀之」。有的作品，如畫大型經變，就用石青染天。便是宋畫山水，天空也大多染色，不但壁畫如此，卷軸畫中有些兼工帶富的山水畫，所畫天空，也染色彩。所以唐代的壁畫山川，一般都用丹青，像李白所見的這鋪以「粉壁爲空天」的壁畫，倒成爲例外之作了。無怪乎詩人在開頭第一句，便把這種繪畫的表現寫出來了。

不過，中國古代的山水畫，到了水墨畫法盛行時，像元、明、清的一般山水作品，除了畫雨景、雪景之外，就不再染天畫水了。它的表現是：「江天無點墨，雲水自然生」。這些畫上的雲、水，都不是靠筆墨直接畫上去，而是靠畫面上其它方面的巧妙變化，而取得另一種別緻的效果，可以謂之「素紙爲空天」。

這種以「素紙爲空天」的畫法，到了元代以後逐漸發展起來，它可以讓山水樹石更突出，尤其畫大山大水，正如唐棣（子華）所說：免得「丹青競勝，山容爲之減色」。李白遊齊魯，在兗州瑕丘少府王志安處所見的這鋪山水粉圖，畫家在「空天」上不予賦彩，非但沒有使作品減色，反成了當時一鋪別具風致的山水圖，並因此引起了詩人的歌頌，這對山水畫發展的研究，是令人尋味的。有人提到中國山水畫的發展時，認爲「自元季王、黃、倪、吳出，山水畫始不以丹青畫天」，現在讀了李白的這首詩，可知唐人的山水畫，已經有此畫法了。

詩中提到的王志安，博平人（今山東聊城北、高唐南），

唐畫詩中看

兗州瑕丘縣的少府。能詩，有「豪俠之風」。李與王「在魯南相見多次」，李另有《贈瑕丘王少府》詩，未有涉及繪畫，故不錄。

《求崔山人百丈崖瀑布圖》

百丈素崖裂；四山丹壁開。

龍潭中噴射，晝夜生風雷。

但見瀑泉落，如濺雲漢來。

聞君寫眞圖，島嶼備縈迴。

石黛刷幽草；曾青澤古苔。

幽緘儻相傳，何必向天台？④

李白在論畫詩中，提到畫家名字的，這是唯一的一首。崔山人不見一般記錄，唐、宋人的幾部有關論畫著作，也沒有提到他。唯近人黃賓虹在《古畫微》增訂手稿中，對崔山人作了簡略的介紹。黃賓虹引明代鄒守益(謙之)跋郭純

④ **崔山人**——崔龕，字若思，四川人，天寶中居長安，與鄭虔有交往，善畫松、馬。

百丈——有二說：一指百丈岩，在浙江天臺縣西北二十五里；一說泛指，百丈形容其高。

濺——水會貌

黛——本作臘，畫眉之墨，亦作畫用。

曾青——顏色名，亦有稱天青，作青綠山水多用之。據《本草》載：銅之精，其色極青。

幽緘——指密封的信件，故有「幽緘候君開」之句。

儻——此作倘。

（樸庵）《蒼松圖卷》中說：

「崔鞏爲李白所重，白作《求崔山人瀑布圖》，詩以贊之。鞏字若思，蜀人。天寶中居長安，與鄭廣文（虔）交，善畫松、馬。」

據李白詩，崔山人還兼工山水畫。

看來，李白與崔鞏有一定交往。李求崔畫，出了題目，還規定了內容。詩的前六句，便是要求畫瀑布圖的構思。後六句，點出崔鞏畫藝的特點，說明崔鞏在繪畫上旣長於點綴，又善於設色。

李白雖然沒有說他要求崔山人畫的瀑布圖是直幅還是橫幅，但讀者可以從詩句中意會其形勢變化，並猜度出這畫面是直幅的。蘇東坡也有一首《題王晉卿畫後》的詩：「醜石半蹲山下虎，長松倒臥水中龍，試君眼力看多少，數到雲峰第幾重。」詩中亦未寫明畫是直幅還是橫幅，但從詩中可體會出這是一幅橫卷。相傳黃翰（汝申）與朋友數人讀蘇東坡詩時，一致認爲這是王晉卿（詵）的山水橫卷，但座中有一人半信半疑。不久黃翰到山東任按察使，訪得此圖，果然是橫卷，便賦詩道：「……太白求崔畫屛條……駙馬（指王晉卿）圖成五尺橫，雲峰可數松倒臥，東坡索紙洛陽無……」。

李白詩中提到的「石黛」，即石墨，徐陵《玉台新詠序》中說：「南都石黛，最發雙蛾」。唐人畫眉，有用這種顏色的。「曾青」，是湖南出產的礦物質顏料，極名貴，或稱「怎青」。一般作畫所用花青，用藍靛製成，日久易褪色。「怎青」比「花青」有光澤，永不變色。說明崔鞏用顏色是很講究的。繪畫用色，只要條件許可，應盡可能用上好顏色。否則，日子一長，面目全非，畫家辛勤勞動的果實，付之

唐畫詩中看

一炬，豈不可惜。敦煌莫高窟的有些壁畫山水，由於受陽光與風沙的影響，原來的「靑山綠水」，有的變成了「白山黑水」，十分遺憾。

李白寫這首詩是在天寶二年，這年詩人四十三歲。當時他對天台這座名山是極爲讚美又非常嚮往的。這裏他卻用「何必向天台」這樣一句話來讚美崔的山水畫，正說明崔的山水畫比他嚮往的天台山還美，也反映了李白對崔畫是何等的看重。

李白是詩人，他向畫家求畫，凡見精品，便給這些畫作題詩發感嘆，實則他自己的山水詩，也正是有聲之畫。李白作《望天門山》，詩云：「天門中斷楚江開，碧水東流向北迴。兩岸靑山相對出，孤帆一片日邊來。」對這首詩，唐人有無畫作，我不知道。而在宋、元、明、淸的畫家中，都有畫此詩意的作品，有落筆重在「天門」之景者，有重「布帆」自「日邊來」者。至於如李白的名作《早發白帝城》、《黃鶴樓送孟浩然之廣陵》等，歷代畫家畫它詩意爲山水圖的則更多，就近代而言，黃賓虹、張大千、傅抱石、李可染等都有抒寫這些詩意的佳構。更有如李白的記遊詩，後人以此作長卷的亦數見。李白的記遊詩，還引起不少詩人爲之吟哦。李白遊安徽，有《秋浦歌十七首》，宋人曹淸在他的《秋浦行》中寫道：「秋浦四時秋，行行蕩我魂。崎嶇度淸淺，幽嵐花氣襲。黃山嶺上雲，白箭陂中月。水發秋浦源，山結秋浦脈。剩有垂釣磯，携尊呼太白。徘徊復何往，移情此朝夕。」正是山水旣佳，好詩又動人，所以詩人曹淸到了秋浦，不期然而然地使他「携尊呼太白」。至元代，曹天祐在《秋浦宛似瀟湘洞庭圖》的詩中，說的更肯切，以爲「李白昔愛秋浦影，萬里長江看匹練。

何年寫作秋浦圖，一幅烟雲三丈絹，欲借浦圖一觀看，江南江北雲茫茫」內「何年寫作秋浦圖」句，也意味著李詩早被人們看作有聲的圖畫了。

《同族弟金城尉叔卿燭照山水壁畫歌》

高堂粉壁圖蓬瀛，燭前一見滄洲清。
洪波洶湧山崢嶸，皎若丹丘隔海望赤城。
光中乍喜嵐氣滅，謂逢山陰晴後雪。
回溪碧流寂無喧，又如秦人月下窺花源。
了然不覺清心魂，只將疊嶂鳴秋猿。
與君對此歡未歇，放歌行吟達明發。
卻顧海客揚雲帆，便欲因之向溟渤。⑤

　　李白這首詩，寫的是夜間與族弟以燭光照看山水壁畫的情況。韓愈在洛陽所寫的《山石》詩中，也曾提到他於「黃昏到寺」，由於「僧言古壁佛畫好，以火來照所見稀」，和李白具有同樣的看畫雅興。說明當時的壁畫，因爲有好手之作，常爲墨客騷人所重視。

⑤　**金城**——唐時蘭州五泉縣，咸亨二年更名金城。又蘭州廣武縣，乾元二年更名金城。又京兆興平縣，本名始平，景龍二年更名金城，此詩可能指此。
　　蓬瀛——蓬萊仙島，海上神山。
　　滄洲——滄州在山東，此泛指山水風煙。
　　丹邱——言晝夜常明爲丹邱。
　　赤城——浙江天臺縣北，對此有兩說：一名燒山，因該山石壁

在「一見滄洲清」的畫圖面前，李白想得很多，也很幽遠。值得注意的是「隔海望赤城」，這是詩人的聯想，也是這鋪壁畫山水給予觀者的形象感覺。

中國傳統山水畫的表現特點，可以「鋪舒爲宏圖」，而使其得「咫尺千里」之趣。這些作品，往往畫的是疊嶂層巒或是無盡溪山，使觀者可以遊目騁懷。展子虔的《游春圖》，李昭道的《春山行旅圖》，荊浩的《匡廬圖》以及王希孟的《千里江山圖》，使人不只能「隔海相望」，而且隔著數座大山，仍然「面面可觀」，「步步有景」。李白所見的這幅給觀者有「隔海相望」感覺的圖畫，它的特點可能來自這樣兩方面：一是圖中的點景人物正在作隔海相望狀；二是圖中畫出了重疊的山和寬廣的海，使觀畫者可以見到隔山隔海的風光。這樣的一種藝術處理，在中國的傳統山水畫中是常見的。如現存宋人畫的《觀潮圖》、《飛仙圖》等，都有這種佈勢。

這鋪壁畫畫的是「蓬瀛」，詩人在題詩中，明顯地反映了道家思想。李白在出蜀前的青少年時代已經和道教接觸，出蜀後，常常醉心於求仙訪道，嚮往蓬瀛「三山」的仙境。他寫的遊山漫筆中，都有「羽人」、「青童」、「玉女」

赤色，望之壁立如城。一指該山多紅梅，花開時，如紅霞映滿城。

花源——此謂武陵桃花源，今湖南省常德境，此指避世之地。

疊嶂——指重重疊疊的山。

溟渤——一說溟渤爲二海名，一說泛指，凡海岸崎嶇爲溟渤。鮑照有詩云：「穿池類溟渤」。

隋　展子虔　遊春圖（部分）

五代　荊浩　匡廬圖

以至「鶴上仙」等字眼。天寶年間，他還沒有成為真正的道士，便說自己「清齋三千日，裂素寫道經」。在這首詩中，他除了描繪自己借燭光來欣賞「圖蓬瀛」壁畫的情景外，還表達了「卻顧海客揚雲帆，便欲因之向溟渤」的心意。他在《當塗趙炎少府粉圖山水歌》中，竟帶著焦急的心情發問：「幾時可到三山巔」。在《觀博平王志安少府山水粉圖》中，居然替主人設想：「沉吟至此願掛冠」。這些詩句，與他在《江上吟》中說的那句「功名富貴若長此，漢水亦應西北流」，都是道家思想感情的流露。

在我國古代的山水畫中，從六朝至唐以及元、明、清，不少作品都帶有道家的色彩。如畫雲烟縹緲的《方壺圖》，畫溪山烟雨、溪樹迷離的《向道圖》，有的更直書其名為《神仙樓閣圖》。早在東晉時，顧愷之畫「雲臺山」，就畫「天師坐其上」。唐人山水畫中有道家思想的作品不少。杜甫論畫詩中提到的王宰山水畫，李固清家中壁上所掛的山水圖，都屬道家的海上仙山圖。這些作品給予觀者的聯想是「群仙不愁思，冉冉下蓬壺」。宋、元山水畫中，這類畫就更多了。宋·王詵的《仙境圖》、李唐的《仙岩採藥圖》、宋·無款的《蓬萊仙會圖》、及元·黃公望的《雨岩仙觀圖》等，都充分地表達了山川的清幽，像李白在這首詩中提到的「回溪碧流寂無喧」一樣。道家有時用自然界的現象來解釋社會現象，他們的所謂「無為」的消極人生觀，往往通過山水畫的這種「無喧」的意境反映出來。因此，要研究中國畫學史上的這部分思想表現，可以從這些山水畫家的作品中獲得深刻的了解。

《當塗趙炎少府粉圖山水歌》

唐畫詩中看

峨眉高出西極天，羅浮直與南溟連。

名工繹思揮彩筆，驅山走海置眼前。

滿堂空翠如可掃，赤城霞氣蒼梧烟。

洞庭瀟湘意渺綿，三江七澤情洄沿。

驚濤洶湧向何處，孤舟一去迷歸年。

征帆不動亦不旋，飄如隨風落天邊。

心搖目斷興難盡，幾時可到三山巔？

西峰崢嶸噴流泉，橫石蹙水波潺湲。

東崖合沓蔽輕霧，深林雜樹空芊綿。

此中冥昧失晝夜，隱几寂聽無鳴蟬。

長松之下列羽客，對座不語南昌仙。

南昌仙人趙夫子，妙年歷落青雲士。

訟庭無事羅衆賓，杳然如在丹青裏。

五色粉圖安足珍？眞仙可以全吾身。

若待功成拂衣去，武陵桃花笑殺人。⑥

這是一壁「五色粉圖」。根據詩意，無疑是重山覆水的全景圖。圖中還畫有點景的道家人物以及風帆等。

李白在天寶三年(公元七四四年)，遭高力士等讒毀，

⑥ **當塗**——唐時屬宣城郡，今安徽蕪湖北。

粉圖——粉壁上的圖畫，今敦煌莫高窟保存的唐代壁畫，即有粉圖。

峨嵋——在四川峨嵋縣西南。

羅浮——在廣東增城縣東。

南溟——《莊子》：「南溟者，天池也」，此當指南海。

政治上失意，被「賜金還山」，心情沉重，離開長安。此後，李白一面浪跡江湖，任性縱酒，一面醉心學道。這首詩，約於天寶十四年(公元七五五年)居當塗時所寫。他對衙署裏的這鋪壁畫很欣賞，以至「目斷」而「興難盡」。

詩的開首兩句，便把全圖的大輪廓勾出來了。說仰視峨眉之高，高出了「西極天」，俯察羅浮逶迤，直與南溟連接。東西南北，高遠、深遠以至迷遠，都從開句的十四字中體現出來。

接著，詩人寫道：「名工繹思揮彩筆，驅山走海置眼前」。這「驅山走海」四字，不但充分表達了畫圖的磅礴氣勢，並把名工的如何「繹思」也寫出來了。

李白不是畫家，可是在繪畫鑑賞方面，具有真知灼見，儼如畫苑行家，道出了傳統山水畫的創作特點。五代貫休有詩道：「常思李太白，仙筆驅造化。」貫休說的是詩人以詩來「驅造化」，李白這裏說的是畫家以畫筆來「驅山」。「驅」的方式方法不同，道理則一。

客觀世界的山、水、樹、石以至雲烟等，都是按自然界自身的規律分布的，錯綜複雜。畫家作畫，要根據生活

名工——一本作名公。

三江七澤——三江有兩指，一松江、錢塘江、浦陽江；一岷江、澧江、湘江。此所謂三江，當泛指。七澤，楚有七澤，雲夢為一澤，其餘六澤，未詳所在，此泛指，不一定實指。

三山——古以蓬萊、方丈、瀛洲為三仙山。

合沓——山高而重疊，謝朓有「茲山亘百里，合沓與雲齊」句。

芊緜——遠望貌。

冥昧——此可作幽暗解。

的觀察與積累，先立意，然後「凝想形物」。還要發揮畫家的主觀能動作用，加以剪裁取捨，達到「因心造境」。「驅山走海」，便是「因心造境」的一種表現。中國的山水畫，經過許多畫家千百年來的辛勤勞動與反覆實踐，不斷創造。在創作方法上，有的「以大觀小」，採取「推遠看」的辦法來解決取勢問題；有的則「以小觀大」，採取「拉近看」的辦法進行細緻刻劃，並突破空間、時間在繪畫藝術上的侷限，把不同視域裏的景物概括起來，作出巧妙的安排，而成爲完整的「全景圖」。吳道子畫嘉陵江三百餘里的風光，如果在創作時不用「遠取其勢，近取其質」的辦法，沒有「驅山走海」的本領，那是不可能畫三百餘里景物於一壁的。宋人畫《長江萬里圖》、《千里江山圖》以及《溪山清遠圖》，莫不如此。西歐有位畫家曾說：像畫「江山無盡圖」這一類風景畫，只有運用中國山水畫的畫法最有效。

李白的「驅山走海」，作爲山水畫的藝術表現而言，這四字竟是很有見地的說法。「驅山走海」，用辭品極妙。「山」即「山」，「海」即「水」。中國的山水畫，山可任畫家「驅」，水可任畫家「走」。「驅」或「走」，都由畫家根

卷一 唐朝繪畫詩中看

羽客——指道士，世稱道士之衣爲羽衣，故云。

南昌仙——梅福，九江人，漢武帝時爲南昌尉，一日，忽捨妻而去，傳云得仙。趙炎爲當塗縣尉，故以梅福相比，稱趙爲南昌仙。

妙年——指少年。

歷落——磊磊落落，胸懷坦白。

青雲士——指高人逸士。

訟庭——指趙炎的衙署。

據繪畫需要而進行。這種「驅」、「走」，有兩種情況：一種，可以把「高出西極天」的峨眉，作爲無名之山，而「驅」之於東海之濱，或置之於觀者的眼前；另一種，則把南北西東的好山好水，都給以「驅」在一起，「集千里之美於一景」，即所謂「巴蜀連吳越，西東一畫中」。換言之，將目所不能及，甚至相距千百里之景，盡收一圖之中。所以這樣的「驅」、「走」，一是表明畫家可以充分發揮主觀能動性；二是表明中國畫的藝術形式，其含受量竟可以突破空間的侷限。

李白的這首詩，較多地涉及到山水畫的創作方法。他在讚許這鋪壁畫的點景時說：「征帆不動亦不旋，飄如隨風落天邊」，上句寫征帆之遠，因爲遠，看去不覺其動。但是作爲繪畫，仍然要把它畫得生動，所以詩人在下句又以「飄如隨風」來形容，這就點出了「征帆」畫得生動有致。至於「征帆」「遠」到了「天邊」，無疑是說畫家把征帆的位置畫得很高，感覺上與水天一色了。李白見到的征帆，被畫得很高，正爲他在瑩禪師房所見的《山海圖》，「征帆飄空中」，在畫面上也是被畫得很高的。這種「將遠畫高」來處理空間關係，都說明這幅壁畫具有我國傳統山水畫所特有的佈局手法。

詩中還描述了畫中長松之下有「羽客」，與南昌仙對座，這都是道家人物。南昌仙，有人以爲是漢成帝時的梅福。梅福是九江壽春人，曾爲南昌尉。其實，這幅畫中的「南昌仙」，可能是詩人據畫意擬的名。他的用意，無非想把「妙年歷落」的趙炎少府比做一個仙道者。所以，他從記畫景繼而談到了實景，又寫到了畫外趙炎那種「訟庭無事羅衆賓，杳然如在丹青裏」的少府生涯。詩人當然沒有

估計到，在他寫下這些詩句的第二年，趙炎就遭到流放之禍，不但沒有入仙山去「全吾身」的機會，連在五色粉圖前「羅眾賓」作「臥遊」的清福也沒有了。李白的這一類詩，既是咏畫，也是借畫抒情。

（對李白所記的這幅彩繪山水壁畫，傅抱石與潘天壽有不同看法。在研討時，兩位先生各擬一圖說明自己的理解。詳細內容請參看杜甫《戲題王宰畫山水圖歌》一節的附記。）

二、論畫鳥獸

《金鄉薛少府廳畫鶴贊》

高堂閑軒兮，雖聽訟而不擾。圖蓬山之奇禽，想瀛海之縹緲。紫頂烟䶴，丹眸星皎。昂昂佇眙，霍若驚矯。形留座隅，勢出天表。謂長鳴於風霄，終寂立於露曉。凝阮益古，俯察愈妍。舞疑傾市，聽似聞弦。儻感至精以神變，可弄影而浮烟。⑦

這是李白三十四歲所寫的畫鶴贊。這時他還沒有應詔入京。

金鄉在唐時隸屬兗州魯郡（今山東金鄉縣）。李白在金

⑦ **金鄉**——唐隸屬兗州魯郡，今在山東。

　瀛海——一本作瀛洲，為大海仙山。

　紫頂煙䶴——䶴，大赤之色。鮑照《舞鶴賦》有「頂凝紫而煙華」句。

　佇眙——立視貌。

　霍若驚矯——忽若驚飛。

鄉衙署看到這鋪鶴圖時，已存參政之念，所以說「高堂閑軒兮，雖聽訟而不擾」。但他畢竟醉心於學道，嚮往蓬瀛仙境，又不禁說出了「圖蓬山之奇禽，想瀛海之縹緲。」這與其說是頌畫鶴，不如說在自述自遣。如「形留座隅，勢出天表。謂長鳴於風霄，終寂立於露曉」，又如「凝玩益古，俯察愈妍。舞疑傾市，聽似聞弦」，簡直是詩人在給自己寫照。范傳正在李白的新墓碑文中，就說他「常欲一鳴驚人，一飛衝天」，還說他「不拘常調，器度弘大，聲聞於天」。其實，李白的求仙學道是他在政治活動上所採取的一種途徑。他很想「善事天下」，達到「大放宇宙間，寒暖共千夫」。可是，當他在「空空濛濛」中看到當時社會的某些矛盾，看出「權勢之禍害天下甚矣」，要想「雲游雨散從此辭」的時候，他的生命卻將要結束了。

關於這首詩，有人以爲是李白贊薛稷的畫鶴。這是以誤傳誤，這裏略作必要的闡述。

《宣和畫譜》卷十五〈薛稷〉小傳內提到：「李太白有稷之畫贊，杜子美有稷之鶴詩，皆傳於世。」查李白詩文集，未見「有稷之畫贊」。近人注釋《宣和畫譜》時，仍把「李太白有稷之畫贊」句加以引用。誤會的焦點在於一是有「薛少府」的「薛」姓，二是「畫鶴」。因薛稷畫鶴太有名，凡論畫鶴，必提薛，猶如畫馬必提曹（霸）、韓（幹）

唐畫詩中看

舞疑傾市——《吳越春秋》載吳王舞白鶴於市，萬民觀之，故鮑照《舞鶴賦》有「出吳都而傾市」句。

聽而聞絃——《韓非子》載：師曠援琴而鼓，一奏之有玄鶴二八，道南方來，集於廊門之垝，再奏之而列，三奏之，延頸而鳴，舒翼而舞。

一樣，後人把「薛」與「畫鶴」兩者湊合起來，即成「薛」穆畫「鶴」。《宣和畫譜》編撰者的誤解是這樣，近人作注的誤解也是這樣，這是需要糾正的。考李白的這首《金鄉薛少府廳畫鶴贊》，作於開元二十五年（公元七三七年），這一年李白居東魯（今山東），那時薛穆已去世十多年，怎能在金鄉任「少府」，何況薛穆一生未任「少府」職。又詩中明明說的薛少府，當是另一位姓薛的少府，並非薛穆。至於薛少府廳中的「鶴畫」為誰所作，只好有待考證了。

　　這裏，還有必要澄清另一項記載上的失實。唐‧朱景玄在《唐朝名畫錄》中，說李白與薛穆有過交往，內載：「薛穆，天后朝位至宰輔，文章、學術名冠時流。學書褚河南，時稱買褚得薛，不失其節。畫縱如閻立本。今秘書省有畫鶴，時號一絕，曾旅遊新安郡，遇李白，因相留，請書永安寺額，兼畫西方佛一壁，筆力瀟灑，風姿逸秀，曹（仲達）、張（僧繇）之匹也。二跡之妙，李翰林題贊見在。」這段記載是不符事實的。關於薛穆，《唐書》卷七十三內提到，「及竇懷貞伏誅，穆以知其謀，賜死於萬年縣（今陝西臨潼縣東北）獄中」，又查《舊唐書》卷一百八十三〈竇懷貞傳〉，竇死於先天二年，即公元七一三年，可知薛穆在七一三年，即使不死，也已累罪入獄。李白生於公元七○一年，當薛穆累罪入獄結束其政治活動時，李白年僅十二歲，而且尚未出蜀。所以說李白與薛穆相遇於新安郡是不可能的。退一步說，薛穆在另一地方即使遇到過李白，而李白不過十歲左右，也不可能被邀請題寫寺額。根據上述考證，所謂李白與薛穆的關係，當屬子虛烏有。

《壁畫蒼鷹贊》

突兀枯樹，旁無寸枝。

上有蒼鷹獨立，若愁胡之攢眉，

凝金天之殺氣，凜粉壁之雄姿。

嘴鉎劍戟，爪握刀錐。

群賓失席以愕眙，未悟丹青之所爲。

吾嘗恐出戶牖以飛去，何意終年而在斯！⑧

李白在這首詩裏，雖贊壁畫蒼鷹，但對畫鷹藝術未著一字，卻發了許多議論。

乾隆王琦本《李太白文集》，在《壁畫蒼鷹贊》題下加了「譏士人」三字，說明歷來注李詩者早已點出了這首贊的主題。

李白一生，以布衣嘯傲於公卿間，有時以詩歌作爲他對某些人物嘲笑諷刺的工具。李白中年住在任城（今山東濟寧）時，寫過《嘲魯儒》的有名詩篇，對眼界狹窄、行動迂闊的腐儒進行了尖銳的批判。這首壁畫贊，雖不同於《嘲魯儒》那樣的單刀直入，但同樣具有「楚狂人」刀筆的鋒利。

詩人在贊中譏笑了那些「失席以愕眙」的群賓之後，指出那是由於「未悟丹青之所爲」的緣故。這句話，也是

唐畫詩中看

⑧　蒼鷹——鷹，古有稱鷄鳩者。有謂，一歲色黃爲黃鷹，二歲色變次赤爲鴀鷹，或曰鶙鷹，三歲後色變蒼白爲蒼鷹。

愁胡——孫楚《鷹賦》，形容其鷹爲胡人愁目之狀。

凜粉壁壁之雄姿——此可作「敬威解」。換言之，壁上所畫蒼鷹，凜凜有生氣，見其雄姿，令人不寒而慄。

愕眙——驚恐貌。

這首詩贊的中心意旨。「未悟丹青」，包含著多方面的意義。一是意喻那些「群賓」不曉時事；再是笑那些「群賓」愚蠢到竟以畫鷹爲眞鷹。詩人抓住了這些來「譏士人」，無異一針見血。因爲那些「群賓」，「問以經濟策，茫如墜烟霧」，向爲李白所蔑視。而李白本人，雖「好神仙」，但在政治上還是有抱負的，認爲可以「爲聖朝出力」，所以他對那些連看畫鷹都要「失席」而「愕眙」的人，投以輕蔑的目光。

關於畫鷹被誤爲眞鷹的故事，歷來就有。相傳北齊武成帝高湛的第二子高孝珩，博學多才，曾在客廳壁上畫了一隻蒼鷹，「睹者疑其眞，鳩雀不敢近」（《歷代名畫記》卷八）。據黃休復《益州名畫錄》載：「廣政癸丑歲，新構八卦殿，（主）又命筌（黃筌）於四壁畫上四時花竹兔雉鳥雀。其年冬，五坊使於此殿前呈雄武軍進者白鷹，誤認殿上畫雉爲生，掣臂者數四。蜀主嘆異久之，遂命翰林學士歐陽炯撰《壁畫奇異記》以旌之」。畫鷹既爲人所恐，畫雉又爲鷹所誤，都是讚美所畫之神妙，形象之栩栩如生。以此入詩，也以此撰文，在歷史上還不止這幾件事。

《方城張少公廳畫獅猛贊》

張公之堂，華壁照雪。

獅猛在圖，雄姿奮發。

森竦眉目，颯灑毛骨。

鋸牙衝霜，鈎爪抱月（一作把石）。

掣蹲胡以震怒，謂大廈之峞屼（一作嶢屼）。

永觀厥容，神駭不歇。⑨

在「華壁照雪」的張少公衙署裏，畫着一鋪《獅猛圖》。現在圖雖不存，而畫獅却在詩中「雄姿奮發」，儼如眞獅。

獅子吼聲洪大，群獸聞之，無不震恐，向有「獸王」之稱。古代衙署壁上畫獅或畫虎，無非爲了給統治者助威。

張少公廳的《獅猛圖》，獅被畫得「森竦眉目，颯灑毛骨。鋸牙銜霜，鈎爪抱月」。堪人耐味的還在於「挈蹲胡以震怒，謂大廈之峴岋」。「獅猛」的氣勢，正是在於它的「震怒」之中。常言「獅吼以驚谷」，何況生動的畫出它的「震怒」，其「神駿」的異狀，當可想而知。

以獅爲題材的繪畫，唐以前便有。相傳晉王廙畫《獅子擊象（吉祥）圖》，戴逵畫《獅子圖》，又南朝宋時的陸探微，曾在板上畫過「獅子圖」，宗炳也畫《獅子擊象圖》。書載北齊楊子華還畫過《獅猛圖》。到了唐代，凡長於畫畜獸的，「多兼善獅、虎」。如閻立本畫過《職貢獅子圖》，至宋代爲宣和宮廷所收藏。又范長壽畫過《獅猛圖》和《雙獅圖》。據《唐朝名畫錄》記載：「韋無忝……開元天寶中，外國曾獻獅子。旣畫畢，酷似其狀，後獅子放歸本國，惟畫者在焉，凡展圖觀覽，百獸見之，皆驚懼」。足見韋所畫

⑨　**方城**——一名萬城，今湖北江陵縣東。

　　少公——猶如少府。

　　獅猛——向爲畫材，北朝齊揚子華曾畫《貴戚游苑》、《宮苑人物》、《斛律金像》及《獅猛》等圖。

　　挈蹲胡以震怒——挈，挽之狀；蹲，踞之狀。蹲胡，謂調獅之胡，即是說，蹲踞而牽挽者，獅方震怒，所以曳獅之胡，好像反爲獅所曳，極言獅之「雄姿奮發」。

　　峴岋——不安之意。

的，也屬「獅猛圖」的一種。

到了宋、元、明、清，「獅」成了傳統的畫材，民間畫
獅尤多。有《獅銜寶劍圖》、《雙獅戲球圖》、《舞獅獻瑞
圖》、《醒獅圖》等等。清嘉慶間，湖州畫工鄭有山繪有巨
幅《三獅圖》，兩獅皆作震怒狀，唯小獅隨後，作戲球狀。
上楷書「獅猛在圖，雄姿奮發」。儲震昌（曉嵐）於道光十
八年（公元一八三八年）也作《雙獅圖》，以隸書題「神駿
不歇」四字，皆用李白句。足見李白的這首詩，已經產生
了深遠影響。

三、題畫人物

《觀伙飛斬蛟龍圖贊》

伙飛斬長蛟，遺圖畫中見。
登舟既虎嘯，激水方龍戰。
驚波動連山，拔劍曳雷電。
鱗摧白刃下，血染滄江變。
感此壯古人，千秋若對面。⑩

李白看了一幅古代流傳下來的《伙飛斬蛟龍圖》後，
激動地寫下了這首贊歌。

⑩ **伙飛**——春秋時荆（今湖北）人，事蹟詳見本書正文。
　蛟龍——龍之屬。江海中之猛魚類，古人神奇之。又有云：蛟
　即螭，說「蛇與雉交而生子曰螭，似蛇而四足，能害人」，自古
　以來，認為「斬蛟除害，與人為善」。
　龍戰——《易經》云：「龍戰於野，其血玄黃」，一般作群雄並

伙飛，一作次飛，又作茲非或次非。春秋時荊（今湖北）人。他的事跡，載於《呂氏春秋》與《淮南子》。據說，伙非「嘗得寶劍，遂涉江，至中流，兩蛟繞其舟。非謂舟人曰：汝曾見兩蛟夾舟而舟中之人有全活乎？舟人對曰：未見。非曰：若此，吾乃江中朽骨腐肉耳，復何愛。乃攘臂拔劍，赴江刺蛟，斬兩蛟之頸，衆賴以全」。伙非不畏江蛟，敢爲衆人除害的義舉，不但當時名聞遐邇，也被後代廣爲傳頌。

　　李白年輕時代，觀奇書，學劍術，好神仙，是一個任俠使氣的文人。他在二十歲所作的《大獵賦》，足以反映這種性格。詩中說：「擢倚天之劍，彎落月之弓。崑崙吒兮可倒，宇宙噫兮增雄」。又說：「河漢爲之卻流，川岳爲之生風。羽毛揚兮九天絳，獵火燃兮千山紅」。浩然之氣溢於字裡行間。這首《觀伙飛斬蛟龍圖贊》，據識者所考，可能與《大獵賦》同年創作。如果是這樣，則詩人正是以自己的任俠心情，表達了對古代壯士的崇敬和愛戴。

　　據歷來畫史的記載，唐以前畫射蛟、斬蛟的作品不少。南梁的大畫家張僧繇就畫過《漢武射蛟圖》。李白所見的這幅《斬蛟圖》，其人物形象的刻劃是極其生動的。贊中所說的「驚波動連山，拔劍曳雷電」，充分表達了壯士的英勇氣概。宛如南齊謝赫在《古畫品錄》中評張墨、荀勖所畫那樣，達到「風範氣候，極妙參神」的妙處。詩人還描寫這幅畫：「鱗摧白刃下，血染滄江變」，這是對畫圖可視形象的細緻描寫。

　　在我國畫論中，對於繪畫藝術的社會功用，早有論評。

峙而爭奪天下解，或作酣戰釋。

晉‧陸機(士衡)說：「宣物莫大於言，存形莫善於畫」。南齊謝赫在《古畫品錄》的序中，更明確地說：「千載寂寞，披圖可鑒」。李白看了這幅古代的斬蛟圖，所以感到了「千秋若對面」，也因為這幅繪畫不只是描繪了客觀現實生活的表面，還深刻地宣揚了現實生活中有作為者的俠義思想，並使人對這種思想有所感受而潛移默化。

四、題畫像

《羽林范將軍畫贊》

羽林列衛，壁壘南垣。四十五星，光輝至尊。范公拜將，遙承主恩。位寵虎臣，封傳雁門。瞻天蹈舞，踴躍精魂。逐逐鸇視，昂昂鴻騫。心豪祖逖，氣爽劉琨。名震大國，威揚列藩。麟閣之階，粉圖華軒。胡兵百萬，橫行縱吞。爪牙帝室，功業長存。⑪

《江寧楊利物畫贊》

太華高岳，三峰倚天。洪波經海，百代生賢。為夔為龍，廓土濟川。趙城開國，玉樹凌烟。筆鼓元化，形成自然。明珠獨轉，秋月孤懸。作宰作程，摧剛挫堅。德合窈冥，聲播蘭荃。鴻漸麟閣，英圖可傳。⑫

《宣城吳錄事畫贊》

大名之家，昭彰日月。生此髦士，風霜秀骨。圖真像賢，傳容寫發。束帶岳立，如朝天闕。岩岩

兮謂四方之削成，澹澹兮申五湖之澄明。武庫肅穆，辭峰崢嶸。大辯若訥，大音希聲。默默不語，終爲國楨。⑬

《安吉崔少府翰畫贊》

齊表巨海，吳嗟大風。崔爲令族，出自太公。克生奇才，骨秀神聰。炳若秋月，騫然雲鴻。爰圖伊人，奪妙眞宰。卓立欲語，謂行而在。清晨一觀，爽氣十倍。張之座隅，仰止光彩。⑭

《金陵名僧頵公粉圖慈親贊》

神妙不死，惜生此身。託體明淑，而稱厥親。粉爲造化，筆寫天眞。貌古松雪，心空世塵。文伯之母，可以爲鄰。⑮

《當塗李宰君畫贊》

天垂元精，岳降粹靈。應期命世，大賢乃生。吐奇獻策，敷聞王庭。帝用休之，揚光泰清。濫觴百里，涵量八溟。縉雲飛聲，當塗政成。雅頌一變，江山再榮。舉邑抃舞，式圖丹青。眉秀華蓋，目朗明星。鶴矯閶風，麟騰玉京。若揭日月，昭然運行。窮神闡化，永世作程。⑯

⑪ **羽林**——主衛王室之軍爲羽林軍。

劉琨——晉時武將，生有英氣。

麟閣——指漢宣帝時畫功臣像於麒麟閣之壁。

爪牙──常云：鳥用爪，獸用牙以防衛己身。民間常謂幫凶者為爪牙。

⑫ 三峰──此指太華山，其上有三峰直上，晴霽可觀。

夒──一足之龍稱夒，故有夒一足之稱。

凌煙──即凌雲，高與雲若。

⑬ 髦士──俊雅之士。

岳立──巍然而立，李白《敘舊贈江陽宰陸調》詩中有「多君秉古節，岳立冠人曹」。

申──本作「曰」。

五湖──有兩說：一指太湖，因太湖周五百里，故曰五湖。一說，五湖乃指具區、兆滆、彭蠡、青草、洞庭。

大辯若訥──出《老子‧洪德章》，大辯者，智無疑，若訥者，口無詞。

國楨──國之楨幹，為有用之大才。

⑭ 安吉──唐時隸屬江南道、湖州吳興郡，今浙江屬，在浙西。

妙奪眞宰──極言其像畫的形神兼備。

⑮ 惜生此身──一本作借生此身。

粉爲造化──意即按其形貌自然而起畫稿。

筆寫天眞──指傳神寫照。天眞，指對寫畫的對象，要畫的自然而能抒發其本性。

⑯ 元精──眞情本性，或作元氣解。

岳降──出《詩‧大雅》，「惟岳降神，生甫及申」。

縉雲──唐時隸江南東道，屬處州，今浙江縉雲，李陽冰於乾元間爲縉雲令，後遷當塗。故云飛聲縉雲。

飛聲──名氣大揚。

抃舞──鼓掌而歡躍，嵇康《琴賦》有云：「抃舞踴溢」。

以上是詩人對若干幅肖像畫的贊頌，意在論人而不在評畫。

唐代流行爲畫像寫贊，風氣所開，朝野如此。例如初唐時，閻立本畫《秦府十八學士像》，便有諸亮爲之贊。貞觀十七年，唐太宗李世民詔閻立本畫凌烟閣功臣二十四人圖，李世民自爲題贊。後來民間成爲一種俗例，每畫肖像，主人必請名人寫贊。有些文人不勝其煩，再三推托，推托不了，只好對主人「作三五句應酬語」。當然，也有不少文人寫贊，乃出自內心的歌頌。如李白與李陽冰有深厚的交誼，所以通過《當塗李宰君畫贊》，表示了對陽冰爲人的頌揚，這是比較自然而合乎情理的事。

李白的六首畫贊，提到繪畫方面的，無非是「式圖丹青」、「粉爲造化」、「筆寫天眞」、「圖眞像賢」、「爰圖伊人，奪妙眞宰」而已。不過其中有一點值得注意，那就是多次提到「眞」字。這個「眞」字，具有兩種含義，一是生活的眞實，要用藝術形象的「眞」去表現；二是指對象的本眞，即對象的精神狀貌，藝術就是要用以形寫神的要求去表現。在繪畫創作上，歷來對於「眞」是非常看重的。五代荊浩在《筆法記》中便提到了「搜妙創眞」，其中還有一段話，專門論及「眞」的重要性。荊浩說：「……畫者，畫也。度物像而取其眞。物之華，取其華。物之實，取其實，不可執華爲實。若不知術，苟似可也，圖眞不可及也。」對何以爲眞，荊浩又進一步的闡釋道：「似者，得其形，遺其氣；眞者，氣質俱盛」。說明繪畫藝術只要能得眞，不論畫人或畫山水、花鳥，都能表現出對象的精神實質，使畫具內美，經得起觀者的推敲與琢磨。李白在《安吉崔少府翰畫贊》中，說這幅肖像畫，「爰圖伊人，奪妙眞宰」，

無疑是一幅傳神佳構。「眞宰」而能「奪妙」，這是對畫家的高度評價，也是對繪畫創作的應分要求。

唐代有名的肖像畫家不少。僅據張彥遠《歷代名畫記》載，與李白同時或稍爲先後的，就有陳義、殷鈌、許琨、法明、李湊、楊昇、陳詵、錢國養、左文通、吳道子、盧棱伽、陳閎、韋無縱、朱抱一、曹霸、韓幹、張萱、周昉、殷仲容、周古言、高江、車政道等。這些畫家中，有的爲帝王寫照，有的爲豪門圖眞，有的爲功臣畫像，也有專爲文人傳神，甚至爲畫友畫像的。詩人王維就給孟浩然畫過像，楊庭光也給吳道子畫過像。但是有的畫家，例如曹霸，本來受朝廷重視，後來貶爲「庶人」，成了民間的畫像師。

關於寫像，唐代曾留下了許多動人的故事，從中可了解當時對肖像藝術的評價。郭若虛《圖畫見聞志》載：「郭汾陽（子儀）婿趙縱侍郎，嘗令韓幹寫眞，衆稱其善。後復請昉（周昉）寫之。二者皆有能名。汾陽嘗以二畫張於座側，未能定其優劣。一日趙夫人歸寧，汾陽問曰：何者最似？云二畫皆似，後畫者爲佳，蓋前畫者空得趙郎狀貌，後畫者兼得趙郎情性笑言之姿爾。後畫者，乃昉也。汾陽喜曰：今日乃決二子之勝負。於是令送錦彩數百疋以酬之」。可知對於肖像畫，向來重視以形寫神，要求達到形神兼備。李白爲肖像畫寫贊所提到的「眞」，當是肖像畫創作的要諦。漢《淮南子》中有一段話說得很有意思：「畫西施之面，美而不可悅；規孟賁之目，大而不可畏，君形者亡矣！」爲什麼說是「君形者亡矣」，高誘注《淮南子》的〈說山訓篇〉說：「生氣者，人形之君，規畫人形，無有生氣，故曰君形亡」。《淮南子》的作者及其注者都不是畫家，可是他們都談出了創作肖像的道理。即是說，畫像必

須要抓「眞」，抓「神氣」。畫家顧愷之早就提到「手揮五弦易，目送歸鴻難」，指畫人物動作容易，畫人物能傳神難。這些論述，意味深長。

五、題畫佛及其它

《金銀泥畫西方淨土變相贊》 並序

我聞金天之西，日沒之所，去中華十萬億刹，有極樂世界焉。彼國之佛，身長六十萬億恒沙由旬，眉間白毫向右宛轉，如五鬐彌山，目光清白，若四海水。端坐說法，湛然常存。沼明金沙，岸列珍樹。欄楯彌覆，羅網周張。車渠瑠璃，爲樓殿之飾；頗黎碼磋，耀階砌之榮。皆諸佛所證，無虛言者。

金銀泥畫西方淨土變相，蓋馮翊郡秦夫人奉爲亡夫湖州刺史韋公之所建也。夫人蘊冰玉之清，敷聖善之訓，以优儷大義，希拯拔於幽塗；父子恩深，用重修於景福。誓捨珍物，構求名工。圖金創端，繪銀設像。

八法功德（一作八功德水），波動青蓮之池；七寶香花，光映黃金之地。清風所拂，如生五音，五千妙樂，咸疑動作。若已發願，未及發願，若已當生，未及當生，精念七日，必生其國，功德罔極，酌而難明。贊曰：

唐畫詩中看

向西日沒處，遙瞻大悲顏。目淨四海水，身光紫金山。勤念必往生，是故稱極樂。珠網珍寶樹，天花散香閣。圖畫了在眼，願託彼道場。以此功德海，冥祐爲舟梁。八十一劫罪，如風掃輕霜。庶觀無量壽，長願玉毫光。⑰

⑰　金銀泥──見本書正文，此略。

李白是信道、學道的文人。可是他對於佛教，正如郭沫若所說，「也有相當的濡染」(《李白與杜甫》)。

在唐代，由於淨土宗在佛教中影響大，所以在寺院、石窟中畫西方淨土變相的特別多。敦煌的莫高窟中，唐代的壁畫《西方淨土變》幾乎比比皆是。淨土宗宣揚西方阿

西方淨土──即西方極樂世界。《法華論》云：「無煩惱衆生住處，名爲淨」，詳載《佛說阿彌陀經》：「佛告長老舍利弗，從西方過十萬億佛土，有世界名曰極樂」。

變　相──以可視形象表現之。

由　旬──佛家言，一由旬，合中國十六里。

湛然常存──言其永無遷壞。

景　福──景，作大解，即大福。

圖金創端──泥金爲質地，而以爲創始。

繪銀設象──以銀代彩色而繪成形象。

八法功德──《唐文粹》本作「八功德永」，八功德水：一甘、二冷、三輭、四輕、五清淨、六不臭、七飲時不損喉、八飲已不傷腹。

七寶香花──七寶能生花，七寶：一黃金、二白銀、三水晶、四琉璃、五珊瑚、六琥珀、七硨磲。

精　念──一心不亂。

罔　極──無可限量。

紫金山──《獅子月佛本生經》：「遙見世尊，身放光明，如紫金山，普令大衆同於金色。」

八十一──當是「八十億」。

長　願──一作長放。

玉毫光──指觀無壽佛眉間白毛光潔。

彌陀佛所居的地方，是一個永遠沒有痛苦和煩惱的極樂世界。相傳唐代的名僧善導法師居長安，在他的主持下，抄寫了彌陀經十萬卷，繪製了淨土變相數百壁。李白所讚頌的這壁淨土變，可能就在當時長安的某寺院中。

西方淨土變相是根據《阿彌陀佛經》或《觀無量壽佛經》的內容來畫的。所謂「西方淨土」，據鳩摩羅什譯的《阿彌陀經》云：「其土有佛號阿彌陀」，「其國眾生，無有眾苦，但受諸樂」，又說：「極樂國土，七重欄楯，七重羅網，七重行樹，皆是四寶周匝圍繞」。淨土中「有七寶池，八功德水，充滿其中，池底純以金沙布地。四邊階道，金銀、琉璃、玻璃合成。上有樓閣，亦以金銀、琉璃、玻璃、硨磲、赤珠，瑪瑙而嚴飾之。池中蓮花，大如車輪。青色青光，黃色黃光，赤色赤光，白色白光，微妙香潔」。「常作天樂，黃金為地」，而且「常有種種奇妙雜色之鳥」，「微風吹動，諸寶行樹及羅網，出微妙音」，好像「百千萬鐘音樂，同時俱作」，「彼佛壽命及其人民，無量無邊，阿僧祇劫」。竟把它說成好得不能再好的極樂世界。這種天國固然出於幻想，但是幻想的基礎，仍然是封建貴族的豪華生活，只是給以加工創造而已。說穿了，在階級社會中，這對無數被壓迫、被剝削的善良信徒們來說，無異是一種欺騙。就是說，除給他們一點精神安慰外，更多的是加上了精神枷鎖。

據李白贊中說，這鋪西方淨土變相是馮翊郡的一個「善女」，「誓捨珍物，構求名工」，為亡夫湖州刺史韋公所畫的。這樣的事，唐代很普遍。在今存的唐代石窟壁畫上，可看到這一類題榜。如莫高窟三三五窟，是初唐時修建的，東壁上部《說法圖》中寫有「垂拱二年五月十七日，淨信

優婆夷高奉爲亡夫及男女眷屬等爲法界蒼生敬造阿彌陀二菩薩阿難迦葉像一鋪，妙寫眞容相好具足州二圓滿爲福□□」。又如莫高窟一〇七窟，一郡妓女集資開窟，也有題榜，內有云「願捨賤從良，妓女善和一心供養」等。有的不僅寫上題榜，而且還畫上「誓捨珍物，構求名工」者的「供養像」。敦煌莫高窟一三〇窟，係盛唐時期所修，入口畫有高大的樂庭環與其子及夫人王氏與其女的供養像，也是一例。

李白所贊的這鋪西方淨土變相，在內容上與現今流傳下來的唐畫西方淨土變相大體相同。圖中阿彌陀佛居中，作說法狀。樂聲悠揚中，天女翩翩起舞。鸚鵡、孔雀、仙鶴、頻迦共命鳥，都在彈琴歌唱。飛天在空中散花。化生童子在臺前嬉戲。寶池中靑蓮盛開，華鴨戲水……這一切，都是「敢將淨土欺人語，換取滄桑一席談」。

我國繪畫，發展到唐代，有了很大提高，「盛唐之畫」在古代文化史上佔有重要地位。就表現技法而論，無論造形、章法以至色彩、遠近關係等處理，都獲得了新的成就。從現存的淨土變相來看，宏大畫面的結構，前所未有。李白所贊的這鋪《西方淨土變》，以阿彌陀佛本尊爲中心，環繞佛本尊的人物，多至數百人，加上各種建築與活動場面，構成了一個緊湊熱鬧、華麗壯嚴、氣象萬千的世界。李白所贊的壁畫，雖然不存在，可是與李白同時期所畫的淨土變相，至今還可以看到。莫高窟二二〇窟的南壁，便有初唐時所作的《西方淨土變》，富麗堂皇。莫高窟的其他洞窟如八、十二、十五、十八、八五、九二、一一二窟等，都有唐壁畫《西方淨土變》。有的憑著畫師自己的想像，即使在嚴格的宗教題材裏，也塑造出一些爲更多人喜歡的形

象，特別是優美的舞姿，至今還爲藝術家們所借鑒。

李白所贊的這鋪壁畫，在裝飾方面，似與一般的粉圖不同。他在題目上點明是「金銀泥」，贊中也提到「圖金創端，繪銀設像」。這可能是「金銀泥」畫法的由來。據乾隆王琦本《李太白文集》中注：「圖金創端者，泥金爲質地，而以爲創始，繪銀設像者，以銀代彩色而繪成形象」。這與敦煌莫高窟現存唐畫西方淨土變在色彩處理上是不一樣的。敦煌莫高窟壁畫的用色，有用貴重顏色如黃金、白銀、珠粉的，但不是用「泥金爲質地」，也不是「以銀代彩色而繪成形象」，至多用來勾人像的衣褶，或裝飾在珠寶上。在傳統的「金碧山水」中，黃金、白銀等色只用來勾石紋、雲霞、水波或宮宇樓閣的某些輪廓。只有在漆畫中，至今還保留「金銀泥」的畫法。在瓷繪中，也有運用此法的。日本的繪畫，有所謂「金泥」、「銀泥」的畫法。野間清六和谷信一合編的《日本美術辭典》上解釋，金泥是「把金色的粉末放在容皿裏用膠水和成的一種顏料，宜畫線。」也可「畫雲、畫彩霞，在一些畫面上廣泛的塗刷」。而「銀泥」是「用銀色的粉末製成，用於寫經」。其所謂金泥「在一些畫面上廣泛地塗刷」，其實就是「泥金爲質地」。可見李白所記的「金銀泥」畫法，在歷史上早已傳至東洋了。

唐畫詩中看

《誌公畫贊》

水中之月，了不可取。

虛空其心，寥郭無主。

錦幪鳥爪，獨行絕侶。

刀齊尺梁，扇迷陳語。

　　誌公，即寶誌，南朝時有名的僧人。《南史》卷七十六有傳，作爲「隱逸」者論。內記其事略云：

　　「時有沙門釋寶誌者，不知何許人，有於宋泰始中見之，出入鍾山，往來都邑，年已五六十矣。齊、宋之交，稍顯靈跡，被髮徒跣，語默不倫。或被錦袍，飲啖同於凡俗，恒以銅鏡剪刀鑷屬掛杖負之而趨。或徵索酒肴，或累日不食，預立未兆，識他心智（一本作『識之多驗』）。一日中分身易所，遠近驚赴，所居噂沓。齊武帝忿其惑衆，收付建康獄。旦日，咸見遊行市裏，旣而檢校，猶在獄中。其夜，又語獄吏：門外有兩輿食，金鉢盛飯，汝可取之。果是文惠太子及竟陵王子良所供養。縣令呂文顯以啓武帝，帝乃迎入華林園。少時，忽重著三布帽，亦不知於何得之。

　　靈和寺沙門釋寶亮欲以納被遺之，未及有言，寶誌忽來牽被而去……。

　　梁武帝尤深敬事，嘗問年祚遠近。答曰：元嘉元嘉。帝欣然，以爲享祚倍宋文之年。雖剃鬚髮，而常冠帽，下裙納袍，故俗呼爲誌公。

⑱　寥　廓──即虛空之境。

　　錦　襖──披蓋的錦衣。

　　鳥　爪──《神僧傳》記寶誌，「面方而瑩徹如鏡，手足皆鳥爪。每行遊市中，其錫杖上懸剪刀一事，尺一支，塵尾扇一柄。剪刀者，齊也。尺者，量也。塵尾扇者，塵也。此是歷齊、梁、陳三朝的隱語。」

天監十三年（公元五一四年）卒。將死，忽移寺金剛像出置戶外，語人云：菩薩當去。旬日無疾而終。先是琅琊王筠至壯嚴寺，寶誌遇之，與交言歡飲。至亡，敕命筠為碑，蓋先覺也。」

又釋氏《指月錄》，也載其事，內云：「金陵東陽民朱氏之婦，上巳日聞兒啼鷹巢中，梯樹得之。舉以為子。其後出家專修禪，披髮徒跣，著錦袍，往來皖山劍水之下，以剪尺拂子掛杖頭，負之而行。」

以上兩則記載，無非說寶誌是個異乎常人的和尚，他那神話般的「奇異惑衆」，可能是行動詭秘，近乎「神出鬼沒」。做事有預感，善於分析人們的心理狀態。又說他在市中行走，「恒以銅鏡剪刀鑷屬掛杖負之而趨」。據有的傳說，他在錫杖上懸掛刀、尺，意寓「刀在齊也，尺在量（梁）也」，表示他曾歷齊梁諸朝。李白贊中的所謂「刀齊尺量」，即是此謂。如果是這樣，誌公是個長壽者。《南史》傳中說他宋泰始中「年已五六十」。假定泰始四年（公元四六八年）為五十五歲，那麼到了梁天監十三年（公元五一四年）誌公便有一百多歲。

南京靈谷寺松風閣之西有寶(誌)公塔，塔的前邊有一方「三絕碑」，中間刻唐代吳道子畫的誌公像，右側是顏真卿書李白的誌公畫贊。清·葉奕苞《金石錄》補卷十七載：「唐誌公畫像贊，右像吳道子畫，李白贊詞，顏真卿書。誌公即寶誌，此碑毀於宣德中，後靈谷寺僧本初以舊榻勒石，去原本遠也。石在揚州」。後來南京靈谷寺的這方「三絕碑」，是清代乾隆時法守和尚根據揚州的舊榻本重行鐫刻的。關於「三絕碑」，當是後來好事者所為。如果李贊的誌公畫像，果是吳道子手筆，李白為何不書一字，足見畫

者並非當時的大名家。《金石錄》所載的「三絕碑」，是後人為了使它產生更大的影響，而把詩、書、畫的大名家拉在一起的。何況在歷史上，吳道子確曾畫過誌公的像。關於吳道子畫誌公像，宋·米芾在《畫史》中提到，「蘇軾子瞻家收吳道子畫佛及侍者誌公十餘人」，在蘇軾的詩中，也提到他在「長安陳漢卿家見吳道子畫佛，碎爛可惜，其後十餘年，復見之於鮮于子駿家，則已裝背完好」。詩中道：「昔我長安見此畫，嘆息至寶空潸然，素絲斷續不忍看，已作蝴蝶飛聯翩。君能收拾為補綴，體質散落嗟神全。誌公彷彿見刀尺，修羅天女猶雄妍……。」

誌公畫像，歷代都有。唐以前有，唐以後也有，唐代自不必說。據說唐武宗滅佛，只要見「寺院寶誌像即毀之，唯留民間所畫」。五代高文進、宋代陳居中都畫過《寶誌像》。相傳明代的沈碩(宜謙)，一再臨摹陳居中所畫，並題曰：「寶誌外靜內定之圖」。又據《佩文齋書畫譜》引《金石文字記》載：「誌公像、誌公碑在齊州章州縣常白山醴泉寺中，碑陰有誌公像」，惜未言畫像者的姓名。

《酬張司馬贈墨》

上黨碧松煙，夷陵丹砂末。

蘭麝凝珍墨，精光乃堪掇。

黃頭奴子雙鴉鬟，錦囊養之懷袖間。

今日贈余蘭亭去，興來灑筆會稽山。⑲

⑲　**上黨**——唐時為潞州，屬河東道，今山西長治：產墨出名。

　　蘭麝——蘭香、麝香，皆上等香味。

天寶元年（西元 742 年），李白從張叔泳司馬那裏得到了好墨，作詩以謝。這一年春夏間，李白客居東魯，旋攜妻子入會稽，即今之浙江紹興。

張司馬贈李白的墨，未必是「上黨碧松煙」，詩人無非以此形容並讚許贈墨之佳。

墨、筆、硯、紙爲文房四寶。到了唐代，這「四寶」並重，都有了相當的發展。唐代有墨官，如祖敏、劉紹宗都曾任這個官職。相傳唐玄宗李隆基喜歡墨，常命宮工以芙蓉花汁調香料作御墨，其中有分賜梨園子弟者，作爲畫眉之用。唐時又有李慥，所製鎮墨稱「唐水部員外郎李慥製」，名重一時。李白提到的上黨，唐時爲潞州，屬河東道，即今山西長治。江淹在《扇上彩畫賦》中說：「粉則南陽鉛澤，墨則上黨松心」。據《晁氏墨經》載：「古用松煙、石墨兩種。石墨自晉、魏以後無聞，松煙之製尚矣」，又說「漢貴扶風隃麋，終南山之松；晉貴九江廬山；唐則易州、潞州之松，上黨松心，尤先見貴」。唐末易州有著名墨工奚超，手藝極高。其子廷珪，繼父之業，技亦超群。唐末因北方戰亂不止，廷珪隨一批富商南來，到了徽州，見那一帶地方到處松林，廷珪有識見，便在歙縣定居下來，重操舊業。奚廷珪取黃山之松，汲練江之水爲原料，慘澹

唐畫詩中看

雙鴉鬢──頭上雙鬢，色黑如鴉。

錦囊養之懷袖間──《晁氏墨經》云：「凡蓄故墨，亦利頻風日時，以手潤澤之，時置於衣袖中彌善。」

蘭　亭──在今之浙江紹興市西南十四公里的蘭渚山下。現存建築和園林是明嘉靖二十七年後移此重建，一九八○年曾全面整修。今甚可觀。

經營，積極鑽研，終於製造出一批「豐肌膩理，光澤如漆的徽州佳品」。而這種佳品，不久得南唐後主李煜的賞識，賜廷珪之姓爲李，被呼之爲李廷珪，世爲墨官，從此「李墨墨名天下聞」。李墨之後，這個地方名墨家輩出。北宋有潘谷；明代有羅小華、程君房、方于魯；清代有曹素功、汪近聖、江節菴，還有於乾隆年間開設的墨莊胡開文，都是名聞遐邇。所以歙縣成爲徽墨的發源地，並有「墨都」之稱。

　　在書畫藝術上，唐人重墨，記載不少。唐有水墨山水，即所謂「水暈墨章」。也有以墨畫巨松，有的專門潑墨，十分注重墨在繪畫表現上的效果。張彥遠在《歷代名畫記》「論畫體工用搨寫」中曾議論：「草木敷榮，不待丹碌之彩；雲雪飄颺，不待鉛粉而白；山不待空青而翠；鳳不待五色而粹」，則在繪畫上，這又如何去表現，張彥遠著重地談到，這完全可以「運墨而五色具」。換言之，只要「運墨」巧妙，竟能達到「不施彩」而有「施彩」的奇效。

　　墨的品種繁多，有漆煙、桐油煙、松煙；其中又有全煙、淨煙之分；有的墨減膠，有的墨加花汁或其他香料。高級的書畫墨，有的和天然麝香、梅片、冰片等名貴藥材，要求達到「落紙爲漆，萬載存眞」的效果。是故歷代文人有愛墨、藏墨、玩墨的風氣。唐詩人崔顥，置多種好墨於案，「時時把玩」。李白是詩人，又善書法，豈有不愛好佳墨之理。何況墨可以藥用，唐人傳奇中多有提到，又道家練丹「必用墨作記」。李白學道，身邊常帶丹砂與麝墨，所以李白愛墨，或非文人尋常之愛墨。至於說到李白書法，歷代都有寶藏。《宣和書譜》載，北宋御府藏李白行書《太華峰》、《乘興帖》，草書《歲時文》、《咏酒詩》、《醉中帖》

等五軸；中興館閣儲藏名賢墨蹟一百二十六軸，便有李白的《廿日醉題》和《送賀八歸越》詩二軸。對李白的書藝，評者向以為「心使腕轉，厚積薄發，不自矜炫，而韻自勝」；又有云：「士氣溢於行間」，「落筆雄峻鏗鏘，如兵家之陣，方以為正，又復為奇。方以為奇，忽復是正。奇正出入變化，不可紀極」。黃庭堅在《題李白詩草後》中評論道：「白在開元、至德間，不以能書傳，今觀其行書，殊不減古人，蓋所謂不煩繩削而自合者與」。

根據這首詩的意味，李白承張司馬贈墨之時，或許李白正要南下去會稽之際，他的「今日贈余蘭亭去」，可謂詩人自自然然脫口之句，推想贈墨之地即東魯。又據詹鍈先生所考，李白此詩「疑去會稽途中作」，不無道理。

本文至此，由於「散記」，擬再寫幾句題外話。過去舞臺演《高力士脫靴》，李白傲慢地作文，旁有宮侍捧硯磨墨。對此有人撰文，認為唐人只有「研墨」，沒有「磨墨」，議論過一時。其實，唐人有「研墨」，也有「磨墨」，戲文演出，並不違背歷史事實。我知石墨宜研。石墨即所謂「石黛」，可畫蛾眉，唐婦女用，男子也用，不過男子用的少，不叫「畫眉」，而稱「添眉」。對於婦女來說，石黛是「最後雙蛾」的。關於「研墨」，唐人李曄（官至刑部侍郎。杜甫與其相識，有《送李卿曄》詩）有詩，說「信福宮蛾冬凍手，墨香細研上妝臺」。可知研好這些墨，顯然不是給文人作書作畫用，而是專門送到婦女的「妝臺」上畫眉用。至於文人用墨，大多是「磨」。唐人蕭八在裴迪宴會中，賦一詩，內有句云：「磨墨移時酒半杯」。可見唐人有以酒代水磨墨之習。這在明清文人畫家中也常有之。如清代華希

閔，字豫原，康熙舉人，家無錫，遊歷至會稽，「以女兒酒
一升磨墨」，致使「畫花聞花香」，多年傳為佳話。

卷一唐朝繪畫詩中看

清　石濤
李白詩意圖（望天門山）

宋　趙葵　杜甫詩意圖
　　　　　（部分）

杜甫論畫詩

一、論畫山水

《奉先劉少府新畫山水障歌》

堂上不合生楓樹，怪底江山起烟霧。

聞君掃却赤縣圖，乘興遣畫滄洲趣。

畫師亦無數，好手不可遇。

對此融心神，知君重毫素。

豈但祈岳與鄭虔，筆迹遠過楊契丹。

得非玄圃裂，無乃瀟湘翻？

悄然坐我天姥下，耳邊已似聞清猿。

反思前夜風雨急，乃是蒲城鬼神入。

元氣淋漓障猶濕，眞宰上訴天應泣。

野亭春還雜花遠，漁翁暝踏孤舟立。

滄浪水深青溟闊，敧岸側島秋毫末。

不見湘妃鼓瑟時，至今斑竹臨江活。

劉侯天機精，愛畫入骨髓。

自有兩兒郎，揮灑亦莫比。

大兒聰明到，能添老樹巓崖裏。

小兒心孔開，貌得山僧及童子。

若耶溪，雲門寺，吾獨胡爲在泥滓，

青鞋布襪從此始。①

杜甫這首詩，作於天寶十三年（公元七五四年）四十三歲時。當時他在長安無法維持一家生活，不得已將家眷

送往奉先寄住。就在這次行旅中，他看到縣尉劉單所畫的山水新圖，寫下了這首敍畫詩。

① **奉先**——今陝西蒲城縣，西魏時稱蒲城，唐代改稱奉先，至宋代又復名蒲城。

滄洲趣——滄洲，可泛指山水風煙，滄洲趣，指所作山水畫障有山水逸隱的情趣。

重毫素——毫，毛筆；素，作畫的絹；重毫素，以書畫藝術爲重。

得非——意即眞不是。

玄圃——即縣圃，相傳爲崑崙山上仙人所居之地。

悄然——不知不覺。

天姥——在今之浙江新昌縣東。杜甫年輕時曾到過。

元氣淋漓——指所畫生氣盎然。有如天地造化的靈氣在流動，令人感到生機勃勃。

滄浪——形容水色清澈，語本《孟子·離婁上》。

靑溟——溟爲海，海廣闊，色靑淡。

秋毫末——細少極，此指所畫景物，刻劃入微。

湘妃——傳說上古舜有娥皇與女英兩個妃子，舜亡故，二妃痛哭，淚珠灑在竹子上，形成斑點，名之爲湘妃竹。

鼓瑟——語出《楚辭·遠游》，內有句云：「使湘靈鼓瑟號」，湘靈即湘妃。

心孔開——即心竅開，靈活之意。

若耶溪——今浙江紹興市南若耶山下。

雲門寺——爲紹興八寺之一，臨若耶溪，叢林幽深。

泥滓——指污泥濁水，意即混濁的世上。

靑鞋布襪——樸素衣著之喻，山林隱逸者多如此。

唐畫詩中看

奉先縣尉劉單，唐代宗李豫時官至禮部侍郎。《新唐書》卷一百四十五楊炎傳中提到他，可知劉單與元載有交。劉有官職，但在繪畫上並不出名。他的一家都能畫。杜甫為了讚許他，特地引出了前代楊契丹，當代祁岳、鄭虔來襯托。楊是隋代畫家，與田僧亮齊名，善畫人物、佛像、樓閣、車馬。祁岳、鄭虔與杜甫同時，祁畫山水有名，岑參曾為其賦詩，說他「有時或乘興，畫出江上峰。床頭蒼梧雲，簾下天台松」（《送祁岳還山東》）。鄭與杜是知友，能詩善畫，唐玄宗讚許他，題字曰「鄭虔三絕」，譽滿京洛。這些畫家的作品，杜甫可能都見到過。

「新畫山水障」是劉單父子三人合作的。這位「愛畫入骨髓」的「劉侯」是主筆，他的老大「添老樹巔崖裏」，老二則補「山僧及童子」，都是副手。由於老二能畫人物，詩人稱讚其「心孔開」。

在唐代，圖畫山水障是很流行的。張九齡便有題山水障的詩，說「良工適我願，妙墨揮岩泉，變化合群有，高深侔自然」。李白《瑩禪師房觀山海圖》詩中，也提到「列障圖雲山；攢峰入霄漢」。杜甫在這首詩中，說劉侯所畫的山水障是「元氣淋漓障猶濕」，可知是一件水墨畫。相傳王維撰寫的《山水訣》，提到「畫道之中，水墨最為上」。唐末五代初的荊浩在《筆法記》中也提到「如水暈墨章，興吾唐代」，足以說明唐代已有「水墨畫」。在唐人的題畫詩中，如皇甫冉題劉方平的山水畫：「墨妙無前，性生筆先，迴溪已失，遠峰猶連。側徑樵客，長林野烟，青峰之外，何處雲天。」方乾題《觀陳式水墨山水》、《觀項信水墨》等，都可證杜甫記述的這種「元氣淋漓」的水墨表現，在唐代繪畫中並非獨一無二。此外，據《圖畫見聞志》載，

唐陝西人李處士，由於擅長用水墨作畫，時人竟稱呼他爲「水墨李處士」。

黃賓虹在八十六歲那年的題畫中說：「『元氣淋漓障猶濕』，唐士大夫畫，重於筆酣墨飽，未可以纖細盡之」，說明劉侯的這幅水墨山水畫，還是一件大寫意的作品。但有不同看法。有人以爲杜甫從畫中見到的「野亭春還雜花遠」，顯然不是大寫意之作，因爲要畫出遠景的「雜花」，非細緻地表現不可。其實「野亭春還雜花遠」，這是詩人對畫中景色的感覺。像這樣的感覺，詩人可以從工筆畫中得到，也可以從大寫意畫中得到。中國傳統山水畫表現遠景，有「迷遠」的處理方法。這個方法，重在用墨巧妙。爲了表達景色的空間距離，所畫景色，要顯得若有若無。如蘇軾題王晉卿的《烟江疊嶂圖》，說是「山水舉頭望日邊，長安不見空雲烟」，這種「迷遠」，是給人「空雲煙」的感覺。又如林弼（元凱）題郭界（天錫）的水墨寫意《東湖漁隱圖》時說，「隔岸輕煙浮動處，蘆花隱隱小舟橫」，詩人於畫中所見的「蘆花」在「隔岸」，又是「隱隱」，正說明大寫意的「蘆花」，既「迷」且「遠」而仍然有「蘆花」的感覺。就這點來說，杜甫詩中的所謂「雜花」，與林弼在畫中所見的「蘆花」是相似的。這種「雜花」、「蘆花」的迷遠感，完全可以運用水墨的寫意方法表現出來。

詩中關於劉單山水畫障中的景物，寫得筆簡意遠，突兀頓挫，忽入「蒲城風雨」，忽又「悄然坐我天姥下」，不但寫出畫中的景色，還給人以畫外的聯想。詩中提到的天姥山，在今浙江嵊縣境內。杜甫漫遊吳越時，舟行剡溪，曾停泊此山下。在這首詩中，他將此山順便帶出，比較自然。這一帶地方，早在晉代，畫家戴逵曾隱居於此，並留

唐畫詩中看

下王獻之「雪夜訪戴」的韻事。

　　詩中的題咏，是採用「將畫作眞」的描寫手法。劉風
誥在《杜工部詩話》中評論起句「堂上不合生楓樹，怪底
江山起煙霧」，是「奇語驚人」。「堂上」是眞境，「楓樹」、
「江山」、「煙霧」是畫境，詩人特用「不合」二字作爲反
襯，更使人覺得畫景不平凡。這與李白《當塗趙炎少府粉
圖山水歌》中的「滿堂空翠如可掃」句，可謂工力悉敵。

　　詩的結構，正如王嗣奭在《杜臆》中所說：「前後描
寫，大而玄圃、瀟湘，細而野亭、側島，皆滄洲景」，並且
一而山，一而水，忽而舟舍，忽而人迹出沒，旣有廣度，
又有深度，詩境同畫境，相間錯雜，讀來有畫中重山覆水
歷歷在目之感。明・謝肇淛在《五雜俎論畫》中說：「人
之技巧至於畫而極，可謂奪天地之工，泄造化之秘，少陵
所謂『眞宰上訴天應泣』者，當不虛也」。其實，以此論詩，
亦未嘗不可。

　　詩是寄託作者情思的。這首詩，記敍的儘管是一幅山水
畫，但仍然充滿了作者對社會、對人生的看法。結句「若
耶溪，雲門寺，吾獨胡爲在泥滓？靑鞋布襪從此始。」便
是作者看了畫障後感情的流露，他開始神往山林隱逸的生
活，繼而反顧自己，作不禁感慨之嘆。杜甫住在繁華的長
安十年，功名考不取，官場不能進，加之生活窮困，遭人
白眼，所以比較淸醒地看出當時社會的混濁，看出社會矛
盾的日益加深。他在寫了此詩後的第二年，還吟出了「朱
門酒肉臭，路有凍死骨」的名句，深刻地揭露了封建剝削
制度所造成的罪惡現象。

《戲題王宰畫山水圖歌》

十日畫一水，五日畫一石。

能事不受相促迫，王宰始肯留眞迹。

壯哉昆侖方壺圖，掛君高堂之素壁。

巴陵洞庭日本東，赤岸水與銀河通，

中有雲氣隨飛龍。

舟人漁子入浦漵，山水盡亞洪濤風。

尤工遠勢古莫比，咫尺應須論萬里。

焉得幷州快剪刀，翦取吳淞半江水。②

公元七六〇年（上元元年），杜甫寫這首詩。這時，他的草堂已建就，結束了長安十年流徙的生涯。他的《戲爲雙松圖歌》、《韋諷錄事宅觀曹霸將軍畫馬圖》及《題壁上韋偃畫馬歌》等，都在同年作。

王嗣奭的《杜臆》，對此詩評述頗詳。他說：「題雲山水圖，而詩換以昆侖方壺圖，方壺東極，昆侖西極，蓋就圖中遠景極言之，非眞畫昆侖方壺也」。他又說：「中舉巴陵、洞庭而東極日本之東，西極於赤水之西，而直與銀河通。廣遠如此，正根『昆侖方壺』來；而後收之以咫尺萬

② **能事**——爲事能力充足者。

眞迹——有價值的藝術創作，民間俗謂貨眞價實者。

崑崙——崑崙山，我國西部地區大山，傳說爲神人所居。

方壺——海上仙山。方丈曰方壺，蓬萊曰蓬壺，瀛州曰瀛壺。

巴陵洞庭——在今湖南岳陽市，爲我國名湖。

日本東——指日本的東面。據說，日本二字見於詩中，以李杜之作爲最早。

赤岸——江蘇六合縣有赤岸，又揚州有赤岸，此當是泛指赤色

里，盡之矣！中間雲、龍、風、木、舟人、漁子、浦溆、洪濤，又變出許多花草來，筆端之畫，妙已入神矣！」杜甫的這些描寫，正是中國古代山水畫的表現特點。方薰《山靜居畫論》中曾說：「讀老杜入峽詩，奇思百出，便是吳生、王宰山水圖。自來題畫詩，亦惟此老使筆如畫」。

中國山水畫在傳統上的表現特點，可以不受空間透視的侷限。所謂「長江萬里」、「華岳千尋」，或「層巒疊嶂，重山覆水」，可以任畫家根據主題的需要來安排。有些景物，在正常視域內明明是消失的地方，而傳統的中國畫卻可以運用「七觀法」作出充分的表現。所謂「七觀法」，一、步步看；二、面面觀；三、以大觀小（推遠看）；四、以小觀大（拉近看）；五、專一看；六、取移視；七、合「六遠」。「七觀」中的「步步看」、「面面觀」及「專一看」，是指畫家的觀察方法。「以大觀小」與「以小觀大」，不僅是畫家的觀察方法，而且密切關係到藝術表現。正由於「以大觀小」，所以得到遠取其勢，又由於「以小觀大」，所以得到近取其質。兩者結合，既可以畫山川的大貌，又可以畫山川的細部。為現在還能見到的唐・李思訓的《江帆樓閣圖》，

・崖岸。

銀河——天上有「銀河」，此泛指天空。

浦溆——大水有小口別通曰浦，溆即浦。

咫尺——咫八寸，無非指極短的距離。

幷州——今山西太原，以產剪刀聞名。

吳淞——水名，吳淞江，太湖支流。自湖東北流，經吳江、崑山、青浦、松江、嘉定、上海，合黃浦江入海，江口為吳淞口，謂是長江的咽喉。

近則重山密樹，遠則江帆過往，所畫頗得其勢，然而，其所表現，山中行人，鬚眉可見，極目江水，一筆筆的波瀾，清晰可數。直令覽之者不勝其觀。尤其是「合六遠」，更把繪畫的透視，作了有機的巧合運用。固然，唐人作畫，尚無「六遠」之說，但在唐人的山水畫中，都已具「六遠」運用之實（詳可參看《新美術》一九八○年第二期《中國山水畫「七觀法」芻議》）。這樣，凡在一定視域內難以見到或不能見到的景物，仍然能夠在畫面上清楚地表現出來。相傳吳道子畫大同殿，一日之中圖嘉陵江三百里風光，這完全是可能的。王宰的這幅《崑崙方壺圖》，就是運用突破固定視點侷限的一種表現方法，才把東極於日本之東，西極於赤水之西的萬里江山充分表現出來。古代流傳下來的繪畫，像這一類作品不少。如展子虔的《游春圖》、李思訓的《江帆樓閣圖》、荊浩的《匡廬圖》、王希孟的《千里江山圖》、張擇端的《清明上河圖》、夏圭的《長江萬里圖》、宋無款的《瓊臺仙境圖》以及黃子久的《富春山居圖》等，都得「咫尺千里」之趣。這些作者，把透視中的平遠、高遠、深遠以至迷遠、闊遠妥貼地結合在一起，因而畫出「一山而兼數十百山之形態、意態」，達到縱深無限，廣遠無盡，而又自然連綿，直令讀者感到「步步有景」，處處怡情。「咫尺應須論萬里」，此是畫師毫端之巧，也是詩人筆下之妙。換言之，又是中國傳統山水畫的要求。早在南梁時，蕭賁畫山水，姚最記其「嘗畫團扇，上爲山川，咫尺之內，而瞻萬里之遙；方寸之中，乃辨千尋之峻」。何況經過幾個世紀後的唐代，自然有了更大的發展。

在這首詩中，詩人還提到「翦取吳淞半江水」，這是取用晉・索靖的故事。索靖看見顧愷之的畫說：「恨不帶幷

州快剪刀來，剪松江半幅紋練歸去」。李賀《羅浮山人與葛篇》中也有句云：「欲剪湘中一尺天，吳娥莫道吳刀澀」。都無非極言對「欲剪」對象愛而不捨之情。

　　詩中首句說：「十日畫一水，五日畫一石，能事不受相促迫，王宰始肯留眞迹。」這是詩人對繪畫創作有了深切了解而發出的肺腑之言。詩中的「十日」、「五日」，指的不是作畫的時間，而是要求作畫細心琢磨和認眞落筆的精神。唐文宗時，畫家陳式以水墨山水著稱，當時方干曾有《觀陳式山水》詩，內云「立意雪巋出，支頤墨汁乾」，這是贊頌作畫認眞、從容而不苟。岑參有《送祁岳還山東》詩，形象地描繪了祁岳這位畫家的性格和作畫的認眞，詩中有句云：「有時或乘興，畫出江上峰，床頭蒼梧雲，簾下天台松」。這是說，當祁岳「乘興」創作山水之時，「床頭」、「簾下」都堆滿了自己的畫稿，不是畫那「蒼梧雲」，便是寫那「天台松」。作了一幅又一幅，畫了一稿又一稿，因爲案頭堆不了，只好暫置於床頭簾下，甚至是遍地了。試想，這樣的勤力和認眞，還不需要「五天」、「十天」的時日嗎？宋·易元吉作畫，有人說他「十天無語一天畫」。畫家「無語」之時，亦即凝思苦想之時，是對藝術創作極端認眞的態度。這「十天無語」，往往樂在其中，苦亦在其中。相傳黃子久畫《富春山居圖》，花三四年時間尙「不得完備」。杜甫的「十日」，也是這個意思，這都說明創作需反覆思考而「不受相促迫」，這樣畫出來的作品，才能歷千百年而經得起無數收藏家與評論家的一再欣賞與研討。近代吳昌碩深悟此道，特地刻了一方「十日一水，五日一石」的圖章。黃賓虹也刻有「五日石」的白文印。杜老的這句詩，可以用來作做一切學問的格言。

王宰，四川人。大曆貞元間（西元七六六——七八五年）住在成都，與杜甫有交往。據《歷代名畫記》載，他畫了不少蜀山景色，被形容爲「玲瓏窈空，巉嵯巧峭」。他的風格，張彥遠曾作了比較，說王維是「重深」，楊炎是「奇瞻」，朱審是「濃秀」，而王宰爲「巧密」。王宰的作品，當時被評爲「妙品上」，與李昭道、王維並列。

關於「王宰」名字，歷來有兩說：一說「宰未必是其名」，乃姓王而官居縣令；另一說，「王宰是其名」。當以後說爲是。按唐人著作，如張彥遠《歷代名畫記》，朱景玄《唐朝名畫錄》，都沒有提到王宰另有其名，也沒有提到他做過縣令。而且兩書對於唐代畫家，都是直書其名，從不以官職相稱。所以「宰」非縣令，應該不成問題。又杜甫在《彭衙行》詩中，有「故人有孫宰，高義薄曾雲」句。這個「孫宰」，有人以爲是姓孫的縣令，這也未必可靠。據杜詩，他對於當代官職，都是據實記錄，稱中丞、持節、令、尉、書記等，向不用前代職衡代替。且唐代稱令不稱宰，所以孫宰不一定是「姓孫的縣令」，如果姓孫的是縣令，或姓王的也是縣令，爲什麼不寫「令」而偏要改稱「宰」呢？總之，王宰爲人名是無疑的。

唐畫詩中看

附記：唐畫復原圖之設計

一九六一年秋天，我翻閱傅抱石先生編寫的《中國古代山水畫史的研究》，見其中附有顧愷之的《畫雲台山記》的設計圖，覺得有點道理。於是我想，對李白、杜甫論畫詩中提到的山水畫，是否也可以搞設想圖。就在這一年，傅抱石先生來到了杭州。我就把這些想法，說給他聽，他很感興趣，還要了我草擬的幾張「設計圖」小樣去看。過

了幾天，我們又見面了。這一次，潘天壽先生也在座。

我設計的小樣極簡單。早幾天，曾給潘天壽先生看過，他有同意的，也有不同意的。這一回在傅先生的客舍裏，我們談得更熱鬧。由於時間關係，只就李白的《當塗趙炎少府粉圖山水歌》與杜甫的《戲題王宰畫山水圖歌》中所提到的兩幅山水畫，各抒其見，作了研討。

李白《當塗趙炎少府粉圖山水歌》中所說的「五色粉圖」，我的初步設想是直幅的，峨眉山畫在近處，表示勢高，但地位並不高。下部左邊是松樹，松下有二人對坐。上部是遠山，並見海水，海上有風帆。中間部分，覺得較難處理，沒有畫上，意在請教傅先生（如圖①）。傅先生看了我的設計圖草稿，認為我設想的與詩中所記的大略相符。接著，

圖一

他提出意見，認爲詩中說的「洞庭瀟湘」、「三江七澤」以及「驚濤洶湧」等，都應該畫在畫面的中心部位。他還說，「洞庭」、「三江」，都是泛指，倒不必具體的畫，對「驚濤」要畫得具體，還要畫出它的氣勢來。又認爲松樹宜畫右邊，左邊畫「噴泉」。傅先生提的意見，不同的一點，在於對峨眉近山的處理，他認爲要畫得高，「峨眉高出西極天」，要把峨眉山畫到頂。當時傅先生用鉛筆也勾了一張草圖（見圖②）。

　　潘天壽先生則另有一種意見。他認爲這幅畫應該是「橫幅」。主要依據是，詩中有「羅浮直與南溟連」句。他說「連」字，就是「橫幅」的畫。傅先生笑著請潘先生畫幅草圖，潘先生用鉛筆在一張空白信箋上勾了幾筆（見圖③）。傅先

唐畫詩中看

圖二

圖三

生看了看，用鋼筆在遠處畫了三隻風帆。潘先生又說：三
隻風帆應該靠旁邊，他把傅先生用鋼筆畫的風帆勾掉，在
畫面的右上角添了三隻風帆。潘先生還解釋，要畫「峨眉
高出西極天」的峨眉，山頂根本用不著畫出來，否則，橫
幅又要變成直幅了。總之，對於這幅設想圖，基本上有著
兩種不同的意見，我倒希望討論下去，不意傅先生很風趣
地說：「百家爭鳴，百家爭鳴，何必強求一致」。就在這個
氣氛中，傅、潘兩先生不約而同地把話頭一轉，竟然轉到
了與此事不相干的另一件事情上。後來，又談到了北宋王
希孟的《千里江山圖》。過了一會，我把話頭拉回到杜甫《戲
題王宰畫山水圖歌》的設計圖上，才又談到了正題。《戲題
王宰畫山水圖歌》的設計草圖是我畫的（見圖④）。傅、潘兩
先生看了後，對草圖提出了不同意見。例如：潘先生認為
近處崑崙山要壓低，傅先生則認為沒有必要。潘先生認為
山上不要畫什麼，傅先生認為應該畫出雪意來。潘先生笑
著說：「這不是你（指傅）的畫，這是杜甫詩中的畫。詩中
沒有提到雪，怎麼可以加雪」。傅先生聽了，沒有表示可否。
此外，兩位先生都認為我在草圖中所畫遠處海島，不宜畫
屋，只要在中景處，把仙山樓閣充分表現就可以了。最後，

他們還有一個意見，都認爲極遠處，即畫幅上部，要畫一片朱色，表示「日本之東」的日出。不過傅先生認爲要把上方的紅日畫出來，潘先生不贊成，認爲只要表現出一片朝霞即可。當時我說，詩中提到「山水盡亞洪濤風」，畫上紅日，會不會相矛盾。大家沉默了一會，然後傅先生說：「神州大地，這邊冬天那邊夏，那邊日出這邊雨，不矛盾，一點也不會矛盾。」潘先生接腔道：「老實說，這是你(指傅)與關山月畫人民大會堂那幅畫(《江山多嬌》)的辦法」。傅先生回答道：「反正我的辦法，也是從傳統中學來的。」談話至此，來了客人，大家就沒有再談下去。

圖四

唐畫詩中看

翌年（一九六二年）暮春，文化部邀請全國一些專家，在杭州審議畫史、畫論的教材稿。會議之餘，我把李、杜詩設計稿的討論問題告訴俞劍華先生。俞先生則說：「不論是崑崙山，還是海上仙山，都是詩人詩中的畫，誰知道王宰在畫中到底怎麼畫。杜甫的詩，不像顧愷之寫的《畫雲台山記》。你們方法不對頭，搞什麼設計圖。你們是膠柱鼓瑟，還彈得出好曲子嗎？」當天吃晚飯時，俞先生把他的這些話對潘天壽先生也說了一遍。潘先生表示不同意，笑著說：「你是多餘的頂眞，人家寫詩，是藝術，我們根據詩意，來個圖畫上的想像，反正也是藝術上的事，又不是歷史考證，有什麼膠柱鼓瑟。」俞先生聽了搖搖頭，不以爲然……。

　　而今，這件事過去將近二十年，這幾位先生都已作古了。翻閱殘存日記，查到了他們的這些對話與爭論，歷歷如昨，覺得還有一點意思，所以把它摘錄下來，作爲這篇散記的補充。

《嚴公廳宴同詠蜀道畫圖》

日臨公館靜，畫滿地圖雄。
劍閣星橋北，松州雪嶺東。
華夷山不斷，吳蜀水相通。
興與烟霞會，清樽幸不空。③

　　這是杜甫初入蜀，草堂建成後不久所作。

③　**畫滿**——所作之圖畫，掛滿壁上。

杜甫的草堂，當時常有一些客人來訪。除了當地退職縣尉及老書生、老農外，成都府尹嚴武，曾帶小隊人馬，來到浣花溪訪問他。杜甫在詩中也說嚴武親携酒饌，「竹裏行厨」、「花邊立馬」，賓主邊飲邊歌，使草堂極一時之盛。

杜與嚴武素有交誼。這首詩便是在公元七六二年，杜於「嚴公廳宴」時，與主人共看《蜀道畫圖》，分「得空字」韻而作的。

《蜀道畫圖》是一幅地輿圖，與一般的山水畫不同。《杜臆》提及「此詩三四在地圖內，而五六推及圖以外」。

關於地圖，《尚書‧洛誥》載，周公經營洛邑，測量位置後，命人製洛邑圖獻給成王。到了戰國，《管子》對地圖已有專門論述，說地圖要具備地形、距離、經濟等條件。秦代畫工烈裔，更能在「方寸之內，畫以四瀆五岳列國之圖」（王子安《拾遺記》）。近年在長沙發掘出來的馬王堆三號漢墓，就有湘江、漓江流域圖及駐軍圖，為我國現存最早的地圖。東漢時，則有畫家張衡繪的《地形圖》。魏時，有楊修繪製的《兩京圖》。西晉時，裴秀作《禹貢地域圖》十八篇，在繪製地圖史上達到一個新階段。至南朝宋時，謝莊也善畫地形圖，《宋書》卷八十五〈謝莊〉傳中說：「圖山川、土地，各有分理，離之則州別郡殊，合之則宇內為一。」到了唐代，地圖的繪製自然更進一步了，從中央到地方，大量編集圖經，既繪製地圖，表示地理的遠近、山

唐畫詩中看

劍閣──四川劍閣縣北。

松州──唐置松州，後改為交川郡，今四川松潘縣。

華夷──指北方與南方。

吳蜀──指東吳與西蜀。

川的形勢，又寫經，作文字的概括說明。我曾見敦煌莫高窟藏經洞內的《唐書地志》殘卷，爲唐代天寶初年寫本。殘卷高三十厘米，殘長二百七十七厘米。殘存部分包括唐初隴右道、關內道、河東道、淮南道、嶺南道所屬的一百三十八個郡(州、府)六百十四個縣。郡縣名旁用朱筆標明等第，卷的背面，前繪紫微垣星圖等。杜甫所見的，主要是蜀地的分界圖，而且是一幅掛圖。

　　唐人咏地圖的詩不少。如任齊的《題華夷圖》、曹松的《觀華夷圖》等。曹詩寫道：「落筆勝宿地，展圖當晏寧……分寸辨諸岳，斗升觀四海」。杜詩中的「劍閣星橋北，松州雪嶺東」，便是「分寸辨諸岳」的具體化。「華夷山不斷，吳蜀水相通」，前者指南北山脈相連，後者指東西水路通航。杜甫另一首詩中的「窗含西嶺千秋雪，門泊東吳萬里船」，也是此意。

《題元武禪師屋壁》

　　　何年顧虎頭，滿壁畫瀛洲。
　　　赤日石林氣，青天江海流。
　　　錫飛常近鶴，杯度不驚鷗。
　　　似得廬山路，真隨惠遠游。④

　　杜甫的這首五律，與他的題薛稷畫鶴、題姜皎畫鷹詩同年作。但寫此詩時，在杜甫生活上發生了重大變化。

④　**顧虎頭**──東晉顧愷之，字長康，小名虎頭。
　　瀛洲──即瀛壺，海上三仙山之一。

杜甫入蜀後，建就草堂，結束了長安浪迹的生涯，可是好景不長，這年（公元七六二年）七月，他的知友成都尹嚴武被召入朝後，小尹兼御史徐知道叛變，致使杜甫在戰亂中流亡到東川梓州。「元武禪師屋」在元（玄）武縣東，屬梓州。這首詩，可能在梓州旅途中吟成。

詩的前兩韻是贊畫，後兩韻由贊畫而說到惠遠和尚。「何年顧虎頭，滿壁畫瀛洲。赤日石林氣，青天江海流。」這是指元武禪師屋壁上的山水畫，好像顧愷之畫的那樣精彩。（顧愷之是東晉時的大畫家。杜甫東遊時，在南京瓦棺寺看到過顧的壁畫。顧不但是人物畫家，而且善畫山水，有《雪霽圖》、《秋江晴嶂圖》之作）。又提到這舖畫既畫了青天與江流，也畫了石林受赤日照射的情景。可見這是一舖兼工帶寫的壁畫，在唐代繪畫中是常見的。

在這首詩中，杜甫用「何年顧虎頭」起句。宋時，蘇軾作《陳季常所蓄朱陳村嫁娶圖二首》，曾效此法，蘇詩云：「何年顧、陸丹青手，畫作朱陳嫁娶圖」。這裏的「陸」，

唐畫詩中看

錫飛——錫為錫杖，此指誌飛錫杖與白鶴道人（一作正見道人）鬥法事。

杯渡——《晉書》載有摩羅什和尚杯度高。又梁高僧傳載：宋京師杯渡，不知姓名，常乘木杯渡水，神力卓越，說是世無測其由來。

惠遠——晉高僧，本姓賈。幼年好學，博通六經，好老莊學說，中年後出家為僧，太元六年（公元381）到廬山建立「東林精舍」，講經說法，並集慧永、道生及劉遺民、宗炳等，於無量壽佛前，誓修西方之淨業，以寺側之方池植白蓮，故將組織命名為「白蓮華社」。

當指陸探微，在中國繪畫史上，顧愷之、陸探微和張僧繇，被稱爲「六朝三傑」。

杜詩的末句提到了東晉時的高僧惠遠。惠遠本姓賈，幼年勤學，工詩，好老莊學說，中年後出家做了和尚。東晉末年，他與惠永、惠持、道生及名儒宗炳、劉遺民、雷次宗等組織了一個「白蓮華社」，主張「修西方之淨業」，要使自己成爲「出世行樂無牽掛」者，在當時有一定影響。社中成員宗炳，字少文，南陽涅陽人，善琴書，好山水，凡他遊歷的地方，都畫了壁畫。曾撰《畫山水序》，提倡「栖丘飲壑」，要「樂山」、「樂水」，使自己成爲一個「萬趣融其神思」的「清高」者。杜甫到梓州，滿目兵荒馬亂，因此他的願望，不期而然地落到「廬山路」上，嚮往「蓮社高風」，無非想超脫塵世而求安。他的「眞隨惠遠游」，不過是「無可奈何花落去」，「徒看雲影意闌珊」罷了。宗炳在《畫山水序》中說的「閑居理氣，拂觴鳴琴，披圖幽對，坐究四荒，不違天勵之藂，獨應無人之野」，杜甫在這首詩中雖然沒有寫出，可是這種意思已有五六體現了。

杜甫詩中記的是寺觀僧房中的山水圖。現存敦煌莫高窟的唐畫中，就有不少山水畫。像杜詩中說的「赤日石林氣，青天江海流」那種畫境，也可以找到。而且還有大量狩獵、行旅、舟渡等山水圖。例如莫高窟三〇三窟中四壁下部的山水圖，有四十座山巒，山中有人，更有野獸在奔跑。畫高三十厘米，南壁長三百九十七厘米，西壁長三百五十九厘米，北壁長三百四十九厘米，東壁除進門的位置外，南邊長一百一十六厘米，北邊長一百二十四厘米。這壁山水圖若是展開來，即高三十厘米，全長一千三百四十五厘米，比之現存的宋·王希孟的《千里江山圖》長卷，

還長一百五十三點五厘米，可謂「滿壁畫千山」了。當時的寺觀、石窟，壁畫的內容固然以經變、佛傳爲主，山水只不過是一種附麗。但就是附麗，也畫得非常豐富，何況在僧舍內那種「滿壁畫瀛洲」的山水圖，當然更引起詩人的欣賞並注意了。

《奉觀嚴鄭公廳事岷山沱江畫圖十韻》

沱水流中座，岷山到此堂。
白波吹粉壁，青嶂挿雕梁。
直訝松杉冷，兼疑菱荇香。
雪雲虛點綴，沙草得微茫。
嶺雁隨毫末，川蜺飲練光。
霏紅洲蕊亂，拂黛石夢長。
暗谷非關雨，丹楓不爲霜。
秋成玄圃外，景物洞庭旁。
繪事功殊絕，幽襟與激昂。
從來謝太傅，丘壑道難忘。⑤

唐畫詩中看

⑤ 沱水——即沱江，在四川境。

　　流——一本作「臨」。

　　岷山——《勝域志》謂「岷山連峰接岫，千里不絕」，今四川松潘縣北。

　　到此堂——一本作「到北堂」。

　　吹——一本作「侵」。

　　菱荇——菱即芰，一年生草本。荇即莕，白莖。皆葉浮於水上，根在水底。

杜甫入蜀後，是成都尹嚴武家中的不速客。嚴武去長安後，杜甫挈眷往閬州，原想沿閬水入嘉陵江至渝州東下，不意途中聞嚴武復爲成都尹兼劍南東西川節度使，便又挈眷返草堂。寫這首詩時，杜甫被委任節度使署中的參謀，授職檢校工部員外郎，賜緋魚袋，又成了朝廷的命官。

嚴武與杜甫都是房琯一黨的人，所以嚴對杜在政治上與生活上都很照顧。杜在嚴府幕中，常和嚴一起遊樂，或去北池眺望，或去摩訶池泛舟，有時彼此分韻吟哦。這首詩，就是杜在嚴府那裏看了岷山沱江畫圖後，分「得忘字」韻所作的題畫詩。

在唐代，有山水詩、山水畫，還有專門評論山水畫的詩和記山水的文。如柳宗元有「文中有畫」之稱。《柳宗元文集》卷二十九收載了他記山水的文章十一篇，內《至小丘西小石潭記》有這麼一段：「從小丘西行百二十步，隔篁竹，聞水聲，……伐竹取道，下見小潭，水尤清冽。泉石以爲底，近岸，卷石底以出，爲坻爲嶼，爲嵁爲岩。青樹翠蔓，蒙絡搖綴，參差披拂。潭中魚可百許頭，皆若空游無所依。日光下澈，影布石上，佁然不動，俶爾遠逝，往來翕忽；似與游者相樂」。這種山水小品，作者作文如作

川蜺——蜺即虹蜺，亦作蟬蜺。川蜺爲水上所見的虹蜺。

暗谷——一作谷暗。

丹楓——一作楓丹。

幽襟——沉默而深思。

謝太傅——晉，謝安，字安石，封建昌郡，贈太傅。少有重名。評者以爲「風度秀徹，神識沈敏」，曾隱居會稽之東山，爲一代名士。

畫，層次多，而又錯雜相間。先寫耳中的水聲，再寫石的形狀以及潭邊樹木的秀茂，然後寫魚，又嘆魚「空游無所依」。全文自然流暢，虛中有實，實中有虛，好似染翰揮毫，不齊而齊，亂而不亂。作文如此，作畫如此，杜甫論山水畫的詩亦如此。岷山、沱江在四川，杜甫看到的這幅畫正是蜀川的風光。詩中除「繪事功殊絕」句涉及評畫外，其餘多就畫中景色作了描述。劉風誥在《杜工部詩話》中說：「岷山、沱江畫圖，一句山一句水，分寫、對寫，或遠或近，或高或下，或虛或實，或大或小，無不形容刻劃。」這首詩的前八韻便是如此。開頭講沱水，接著話岷山；既說岷山的「杉松冷」，又咏沱水的「菱荇香」；寫出上有「嶺雁」的飛鳴，點明下有「川蜆」的翻騰。種種描述，都是畫中景色，也是詩人對畫圖的贊美。很顯然，這是對一幅大堂全景山水圖的盡情描述。正如聞一多所說：「畫耶，詩耶怎能分」。

全景山水圖唐以前即有，唐人畫得更多。今傳李昭道《洛陽樓圖》，界畫屋宇重疊，又畫喬松流水，臺榭雲閣，石橋平坡，輕舟擺渡，極江雲變化之致。這一類山水作品，畫得深遠、開闊，既可俯視仰視，又得迂迴曲折的妙處。「直訝松杉冷，兼疑菱荇香。雪雲虛點綴，沙草得微茫」，杜詩描寫的這種畫境，以虛帶實，實中有虛。與杜甫同時的詩人李頎，在聽了房琯家中的門客董庭蘭彈的胡笳弄後寫道：「言遲更速皆應手，將往復旋如有情。空山百鳥散還合，萬里浮雲陰且晴」，當琴聲變調時，詩人竟說是「長風吹林雨墮瓦」，真是詩中見畫。換言之，中國的傳統山水畫在這個方面的表現，確具特色。杜甫在這首詩中，對此種特色作了較為詳細的記述。

詩的最後，詩人還拉出了謝太傅來比嚴武。「從來謝太傅，丘壑道難忘」。謝太傅即晉代名士謝安，曾居會稽（今紹興），說是「出則漁弋山水，入則言咏屬文」。杜在詩中拿這位名士比嚴武，表明他與嚴武向來是風雅相共的知交。

《觀李固清司馬弟山水圖三首》

簡易高人意，匡床竹火爐。
寒天留遠客，碧海掛新圖。
雖對連山好，貪看絕島孤。
群仙不愁思，冉冉下蓬壺。

方丈渾連水，天臺總映雲。
人間長見畫，老去恨空聞。
范蠡舟偏小，王喬鶴不群。
此生隨萬物，何處出塵氛。

高浪垂翻屋，崩崖欲壓床。
野橋分子細，沙岸繞微茫。
紅浸珊瑚短，青懸薜荔長。
浮查并坐得，仙老暫相將。⑥

這三首詩作於公元七六四年，時杜甫五十三歲，正在嚴武幕中任職。詩中所題的山水圖，當是《海上仙山圖》，

⑥　**高人意**──一作高人體。
　　絕島──指蓬壺仙島，人跡絕少。

作者除論畫外，還從仙山引出對世事的感慨，頗具老莊的思想。《杜臆》曾對第三首評解道：「六句說景，結語說到自身，謂浮查尚寬，可以并坐，仙老肯暫將我去乎？」這確是問到了要眼處。

「范蠡舟偏小，王喬鶴不群。此生隨萬物，何處出塵氛」。相傳王喬有仙術，騎鶴來去太空，可以「經旬不食」，是個「超世」的「奇人」。杜甫羨慕這樣的人，並把「不愁思」的原因，歸結到「下蓬壺」，認為只要有機會能到蓬壺仙島，似乎什麼矛盾都解決了。可是社會現實並非如此，杜甫一生歷盡艱險，想「下蓬壺」，事實上是辦不到的，這無非是詩人的一種自慰，也是一種自嘆。

三首詩的寫法很別緻。作者似乎不費什麼氣力就把畫中的景物都點出來了。畫中有高山、碧海，山上有雲彩，海上有仙島。沙岸、野橋，隨手拈來，躍然紙上。第三首寫到高浪、崩崖，陡然以衝勁的筆力來形容。「高浪垂翻屋，

唐畫詩中看

蓬壺——仙島。

范蠡——春秋楚人，事越王勾踐二十餘年，苦身戮力，滅吳後，尊為上將軍，他以為很難與勾踐共安樂，所以辭去，後經商，成巨富，號陶朱公。

王喬——東漢時河東人，有神術。相傳每月朔望，常自縣詣臺朝帝，帝怪其來時，不見車騎，令太史伺望之。言其臨至，輒有雙鳧從東南飛，於是候鳧至，舉羅張之，但得一隻舃焉，則尚書官屬賜履也。或云此即古仙人王子喬也。見《後漢書》本傳。

浮查——說堯時，有巨查浮於四海。查上有光，若星月常繞四海，十二年一周。

崩崖欲壓床」，可見畫中的山水氣勢是非常磅礴的。這首詩還帶出畫外的眞景。屋非山水畫中的屋，床非山水畫中的床。爲了形容畫中高浪翻騰的氣勢與崩崖欲壓的險境，竟把「高浪」說得要「翻屋」，「崩崖」要「壓床」，這比「堂上不合生楓樹」更「不合」。在這「不合」之中，把畫景與眞景揉合起來，不分彼此。這比他在《奉觀嚴鄭公廳事岷山沱江畫圖十韻》中咏的「沱水流中座，岷山到此堂」還要奇，還要有氣勢。清·方薰在《山靜居畫論》中也提到：「自來題畫詩，亦唯此老使筆如畫，昔人謂摩詰畫中有詩，詩中有畫，方之杜陵，未免一丘一壑」。

　　作畫需要有氣勢，否則便不生動。杜詩中的「高浪」、「崩崖」，都是畫中的山形水態，所說「垂翻屋」、「欲壓床」，是圖畫使人感覺到的一種氣勢。王夫之論畫，說「咫尺有千里之勢」，妙在有「勢」，若是縮千里於咫尺，成了地形圖，便無氣勢可言。蘇軾在《書蒲永昇畫後》中，也說孫知微畫水，「洶洶欲崩屋也」。所以畫山水，一定要有「取勢」和「佈勢」。

《夔州歌十絕句》

(其八)

　　憶昔咸陽都市合，山水之圖張賣時。
　　巫峽曾經寶屏見，楚宮猶對碧峰疑。⑦

⑦　都市合——即通常之所謂都會。
　　寶屏——即屏風。有四扇、六扇、八扇不等。可畫山水，也可以畫花鳥。

這是公元七六六年，杜甫五十五歲時居於夔州（四川奉節）山裏所寫的絕句。共十首，這裏選其一。

　　杜甫入蜀後，共存詩一千零九十多首，絕句佔百分之十一強。「十絕句」寫夔州的地理、人情風俗及其所經歷的往事。這一絕是杜甫回憶浪迹長安，在咸陽市上見到賣畫時的情景。

　　繪畫作爲商品買賣，唐代已是普遍。張彥遠在《歷代名畫記》中就有較詳細的記述。

　　唐代自皇室至一般豪富，都有蓄聚書畫寶玩的風氣，並以儲藏古今名家名作爲榮。唐初「太宗皇帝，特所耽玩，更於人間購求」。當時左僕射蕭璃，以及大臣許善心、楊素等，無不主動向皇帝進獻書畫。「開元之時，玄宗購求尤多」，並令專人搜訪。天寶中，命徐浩爲「採訪圖畫使」。在此期間，有的因進獻書畫而獲官爵，有的因向權貴告訐某家有書畫名迹收藏，也獲得賞賚。開元時的商人穆聿，至德時的潘淑善、王昌、田穎、葉豐、杜福、劉翌、齊光等，都因販賣書畫而致富。還有孫方顒，是貞元初專賣書畫的商人，他給張彥遠家「買得眞迹不少」。張彥遠是盛唐時代宰相張嘉貞、張延賞和張宏靖的後代，世稱「三相張家」，世代酷愛書畫。據《舊唐書》載，彥遠的祖父，家藏之富，可與秘府相比。後來有人妒嫉他，向憲宗告密，憲宗「遂降宸翰，索其所珍」，張家惶駭之至，不得已，將所藏精品如「鍾、張、衛、索眞迹各一卷，二王眞迹各五卷，魏、晉、宋、齊、梁、陳、隋雜迹各一卷」，還有「顧、陸、張、鄭、田、楊、董、展泊國朝名手」等作品合三十卷獻出，並上表稱頌，才算平了此事。

　　當時的書畫家，對於書畫收藏要求甚高。《歷代名畫

記》載：「凡人間藏蓄，必當有顧（愷之）、陸（探微）、張（僧繇）、吳（道子）著名卷軸，方可言有圖畫。若言有書籍，豈可無九經三史。顧、陸、張、吳為正經，楊（契丹）、董（伯仁）、展（子虔）為三史，其諸雜迹為百家」。可知當時的大收藏家，必先爭求「正經」，次則求「三史」。這種風氣，勢必促使大小畫家各顯其能，還如蔡肇所說，「技藝亦隨之而精到」。

　　杜甫詩中提到的咸陽街市上張賣的山水圖，可能是書畫舖經營的「百家」作品，有卷軸，也有畫屏。這種「張賣」，咸陽既有，那長安、洛陽、成都、揚州等地，不可能沒有。這對於書畫交流以及藝術創作的互相影響起一定作用。張彥遠所謂更有助於「精通者所宜詳辯南北之妙迹，古今之名縱，然後可以議乎畫」的議論，是合乎當時實際的。

二、題畫松

《題李尊師松樹障子歌》

老夫清晨梳白頭，元都道士來相訪。

握手（一作發）呼兒延入戶，

手提新畫青松障。

障子松林靜杳冥，憑軒忽若無丹青。

陰崖却承霜雪乾，偃蓋反走虬龍形。

老夫平生好奇古，對此興與精靈聚。

已知仙客意相親，更覺良工心獨苦。

松下丈人巾屨同，偶坐似是商山翁。

悵望聊歌紫芝曲，時危慘澹來悲風。⑧

　　公元七五八年，杜甫居長安，在肅宗朝中任左拾遺。這首詩寫於這一年。

　　那天清晨，京城朱雀門玄（元）都觀的李道士來訪，杜甫熱情接待。李道士是一個畫家。唐宋時有一種風氣，書畫家每當創作出自認得意的作品，往往請名人題咏。如擅長八分小篆的李潮，就曾請杜甫爲其書卷作詩。杜寫的詩中有「巴東逢李潮，逾月求我歌」句。李道士之「手提新畫青松障」來訪，也是出於這個用意。杜甫允爲題詩。李道士的這幅《松樹障》，居然因杜詩的流傳而被載入史册。唐人在畫上題詩，還見於李邕的六言詩《題畫》。說明此時題畫風氣已開。李詩云：「對雪寒窩酌酒，敲冰暖閣烹茶。醉裏呼童展畫，笑題松竹梅花」。明人新安黃風池輯《唐詩畫譜》，還爲此詩請蔡元勳配了畫。李邕是書法家，與杜甫同時。旣然書法家可以即興題畫，則詩人題畫，自無待言。

唐畫詩中看

⑧　**元都**——元即玄，爲唐，長安朱雀街之玄都觀。

　　杳冥——曠遠，亦即絕遠之處。

　　仙客——二說：施鴻保《讀杜詩說》以爲「仙客指所畫松下丈人」。仇兆鼇《杜詩詳注》認爲，仙客指李尊師，良工指作畫者。

　　巾屨——巾，頭巾，屨即履，足上所穿，巾屨同，意即穿戴相同。

　　商山翁——秦末，東園公，用里先生，綺里季，夏黃公，避亂隱居商山，四人皆八十有餘，鬚眉皓白，時稱商山四皓。

　　紫芝曲——又名紫虛曲，曲調清幽。

據《戚氏長物志》載，畫障有兩種形式，一種比畫屏高大，有木架，張畫其上，稱列障。一種可張掛，畫上下「飾之以木幹」，略似畫軸，可以折疊。李尊師「手提」的畫障就屬這一種。又據載，列障皆在室內，比較固定，不常移動。可以「手提」的畫障，必要時可以掛在戶外，移動方便。

「障子松林靜杳冥」句，是一般的贊畫，「憑軒忽若無丹青」，則不是一般的讚賞了。這是說，看去如真松，令人忘其是畫。「無丹青」三字反用，可謂形容已極。白居易題肖悅的畫竹，說是「舉頭忽看不似畫，低耳靜聽疑有聲」。這裡的「不似畫」，也是反語，是說畫中的竹子不是畫的，與真的竹子一樣。這與杜甫所形容的，有異曲同工之妙。

詩中提到「老夫平生好奇古」的「奇古」，包含著幾層意思，一是畫有創造性，否則無「奇」字可言；二是畫具傳統的風味，所以有古意。從而透露出李道士的這幅作品，不但有傳統的功力，還有他自己的風格特點。關於「奇古」一辭，唐、宋人論畫，偶有所用，至明、清時發展為「高古」與「奇辟」，還被黃鉞在《二十四畫品》中列為兩品之目。

詩中提到的「仙客」，前人注解有不同的說法。仇兆鰲的《杜詩詳注》與楊西河的《杜詩鏡銓》，都以為「仙客指李（道士），良工指畫者」，還認為「障子非李所畫」；施鴻保在《讀杜詩說》中，則認為仙客指松下丈人，良工指李道士。從詩的通體細看，《松樹障》的作者是李道士，詩中的仙客也是指李道士，「松下丈人」則是指畫中的人物。這個人物當是詩人根據自己的想像，比作「似是商山翁」。肅宗之時，朝野政事多變，社會上還有兵荒馬亂的景象。杜

甫看到這幅畫，感到李道士有一種「無爲而又有爲」的心情在畫中流露，所以借漢代的商山老人來點明其心情。爲了說明畫家立意的深湛和巧妙，更稱讚其爲「心獨苦」。這幅畫，儘管它的畫題被稱爲「松樹」，實則其意却落在松下的人物上。如果說，這幅作品可以歸作山水畫類，則畫中松下的丈人，無非是這幅山水畫中的點景人物。在中國傳統繪畫中，點景人物在畫中，就地位而論，不一定重要，可是一局畫的題意，往往決定於這幾個「小人物」身上。如傳爲展子虔畫的《遊春圖》，傳爲唐畫的《春山行旅圖》，又如五代關仝的《山溪待渡圖》，以至宋巨然的《秋山問道圖》等，無不如此。李道士的這幅《松樹障》，也是這樣。

《戲韋偃爲雙松圖歌》

唐畫詩中看

天下幾人畫古松？畢宏已老韋偃少。
絕筆長風起纖末，滿堂動色嗟神妙。
兩株慘裂苔蘚皮，屈鐵交錯迴高枝。
白摧朽骨龍虎死，黑入太陰雷雨垂。
松根胡僧憩寂寞，龐眉皓首無住著。
偏袒右肩露雙腳，葉裏松子僧前落。
韋侯韋侯數相見，我有一匹好東絹。
重之不減錦繡緞，已令拂拭光凌亂。
請公放筆爲直幹。⑨

⑨　**畢宏**──河南偃師人，善畫松，落筆縱橫，皆變易前法，自有創意。

　　韋偃──京兆人，寓居四川，韋鑒之子，父子善畫馬，亦畫山

這是一首對韋偃畫松的贊詩。作於公元七六〇年。正如王嗣奭在《杜臆》中所評：「老者已衰，少者方盛，是推偃之松爲天下第一也。」

韋偃（一作偃鳥）長安人，長居四川，有名的畜獸畫家韋鑒，是他的父親。韋偃擅長畫松，張彥遠在《歷代名畫記》中說：「俗人空知鷗（偃）善馬，不知松石更佳也。」又說他畫松「咫尺千尋，駢柯攢影，烟霞翳薄。風雨颼颼，輪困盡偃蓋之形，婉轉極蟠龍之狀。」韋偃還畫人物鞍馬，元代鮮于樞看了他的《紅韝復背驄馬圖》說：「韋偃畫馬如畫松」，這是嘆其運筆勁健有力。

在這幅畫中，韋偃畫了「龐眉皓首」的胡僧在松下小憩。胡僧被畫得委順自然，袒著右肩，露著雙脚，幽閑之至。

杜甫這首詩，意不在評畫中的胡僧，而在於對韋偃畫

水、竹、樹、人物。

屈鐵——指松枝屈曲如鐵。

白摧、黑入——王嗣奭《杜臆》云：「白摧一句言畫之枯淡處，黑入句，言畫之濃潤處，此聯超邁奇古」。仇兆鰲《杜詩詳注》引《唐詩記事》，說湯圭《九華兩吟》云：「『雷劈老松疑虎怒，兩衝陰洞覺龍腥』，與此詩白摧朽骨二句，奇崛相當」。又有解云：「皮裂，幹之剝蝕如龍虎骨朽；枝迴，故氣之陰森如雷雲下垂」。

龐眉——一說眉粗而濃，一說眉有黃白二色。

皓首——髮白爲皓首。

無住著——委順自然，不著痕跡。

東絹——指關東絹，可作畫。

中雙松的贊揚。

「兩株慘裂苔蘚皮，屈鐵交錯迴高枝。白摧朽骨龍虎死，黑入太陰雷雨垂。」這是全詩描寫的中心點。後人對此多有論述。陳式在《杜意》中說：「苔蘚皮特加『慘裂』，以見皮之古；迴高枝特加『屈鐵交錯』，以見高枝之古。四句總成其爲古松之畫也。」這是分解其題意。又王嗣奭《杜臆》引《杜詩通》云：「白摧一句，言畫之枯淡處，黑入句，言畫之濃潤處。」對此，劉鳳誥在《杜工部詩話》中加以發揮，作了詳細的論述：「……點明兩株，即狀其皮裂，玩其枝迴。」「蓋皮裂則幹已剝蝕，故以龍虎骨朽擬之；枝迴則葉自陰森，故以雷雨下垂擬之。曰白摧，摹畫枯淡處；曰黑入，摹畫濃潤處。」這確是的論，把畫境詩意都說得明明白白。近人則有以「白摧」、「黑入」句論畫者，如黃賓虹在一幅山水畫中題道：「白摧龍虎骨，黑入雷雨垂。杜陵妙論畫，參澈無聲詩」。這種說水墨畫具有黑、白、枯、濕等對比特點的論述，道著了水墨畫的緊要處。中國畫表現特點之一，是用墨。墨在畫面上的變化，會出現各種不同的藝術效果。黑與白，濃與淡，乾與濕，焦與潤，這些都是對立的。在表現時，應將這些矛盾對立妥貼地統一在畫面上，使其達到黑中見白，白中見黑；濃中有淡，淡中有濃；或乾裏帶濕，濕中留乾。如一幅畫圖，全是淡，便覺無味，全是黑，便覺惡濁。詩中提到「黑入」、「白摧」，提到「朽骨」、「太陰」，又提到「龍虎死」、「雷雨垂」，都是畫中墨色變化給予觀者的形式感。正因爲這樣，韋偃的畫松，博得了「滿堂動色嗟神妙」。

固然，由於韋偃雙松畫得妙，才引出詩人的這番議論。然而詩人的這番議論，由於說得精闢，也成爲可貴的藝術

唐畫詩中看

遺產。仇兆鼇的《杜詩詳注》引《唐詩紀事》中，提到湯
文圭的《九華雨吟》：「雷劈老松疑虎怒，雨沖陰洞覺龍
腥」。這與杜詩的「白摧」、「黑入」二句，奇崛相當，為歷
代文人所傳頌。

又韋偃畫此雙松，當以屈曲見奇。詩人十分嗜畫，還
嫌不足，想再要一幅，所以篇終說：「我有一匹好東絹」，
「請公放筆為直幹」。劉鳳誥在《杜工部詩話》中說：「匹
絹幅長，當足盡韋之能事，難之乎，抑進之乎，要之非精
畫理者不能道」。特別是畫松，不同於畫竹，也不同於畫梅，
詩人特用「放」，足見杜老是繪畫者的真知。

杜甫在這首詩中，還提到了畢宏。畢是唐代有創造性
的畫家，河南偃師人，天寶時任御史，大曆二年為給事中。
以畫山水、松石著名一時。張彥遠在《歷代名畫記》中說
他「樹木改步變古，自宏始也」。他活動於天寶至大曆間，
杜甫作此詩時，畢宏約六十多歲，比杜甫大十歲左右。韋
偃年齡比杜甫輕，所以杜甫說：「畢宏已老韋偃少」。畢宏、
韋偃生卒的準確年份，尚待進一步查考。

三、評畫鷹、鶴

《畫鷹》

素練風霜起，蒼鷹畫作殊。
攫身思狡兔，側目似愁胡。
絛旋光堪摘，軒楹勢可呼。
何當擊凡鳥，毛血灑平蕪。⑩

杜甫自言七歲開始寫詩，見其存稿，則以二十九歲寫

的《登兗州城樓》與《望嶽》爲詩集的開卷之作。這首《畫鷹》，是杜甫三十歲所寫，是他現存論畫詩中最早的作品。

唐詩歌頌鷹、鶻的不少。這首詩的眞意，不在贊畫，無非借畫鷹抒發他年輕時代的「抱負」。「何當擊凡鳥，毛血灑平蕪」，是他內心思想的一種流露。

畫中的鷹，被寫得眞切生動，氣勢不凡。浦起龍在《讀杜心解》中說，「搜身側目，以此眞鷹擬畫，又是貼身寫，堪摘可呼，此從畫鷹見眞」。仇兆鰲注杜甫詩時還說：「曰搜曰側，摹鷹之狀；曰摘曰呼，繪鷹之神」。更爲可貴的，這首詩還給人許多畫外的聯想。

唐代畫家中，如吳道子、姜皎、白旻、馮紹正、梁洽、貝俊、刁光胤、邊鸞、裴遼等，都善鷹、鷙，至五代，郭乾暉、郭乾祐兄弟善畫鷹鷂，畫史上有「薛（稷）鶴郭鷂」之稱。相傳郭乾祐畫鷹隼，「使人見之則有擊搏之意」（《宣和畫譜》卷十五）。杜甫所描述的這幅「架鷹式」的「鷹圖」，在現存宋畫及明淸摹本中都可以見到。近人齊白石、于非闇等也有這一類的鷹圖。

唐畫詩中看

《畫鶻行》

⑩ **素練**——指作畫用的絹素。

風霜起——形容畫鷹威猛，令人忽起肅之感。

搜——同竦，聳立貌。

絛鏇——絛即條，絲繩的一種；鏇，金屬轉軸，都作爲繫鷹之用。

凡鳥——一般的鳥雀。

平蕪——指平坦的草地上。

高堂見生鶻，颯爽動秋骨。

初驚無拘攣，何得立突兀。

乃知畫師妙，功刮造化窟。

寫作神俊姿，充君眼中物。

烏鵲滿樛枝，軒然恐其出。

側腦看青霄，寧爲衆禽没。

長翮如刀劍，人寰可超越。

乾坤空崢嶸，粉墨且蕭瑟。

緬思雲沙際，自有煙霧質。

吾今意何傷，願步獨紆鬱。⑪

　　鶻，又名隼，是一種猛禽。形與鷹相近。唐代獵者多飼之，以捕鳥擊兔。

　　此詩，是杜甫四十七歲時作。這年，他以疏救廢相房琯獲罪，被肅宗貶至華州（陝西華陰縣），任司功參軍。這是管理地方祭祀、學校、選舉等雜物的小官。政治地位降落後，生活也起了極大變化。他到華州時，正是早秋苦熱天氣，白天蒼蠅撲面，夜裏蝎蝎出没，而且文書堆案；搞得他累極了。他心境很不安寧，「遇事感慨多」，甚至要「束帶發狂欲大叫」。

⑪　**鶻**——又名隼，猛禽類，與鷹相近，獵者飼之，使其助捕鳥兔。

　　拘攣——猶拘束。

　　突兀——高貌。

　　功到——一本作「功刮」。

　　緬思——想得開又想得遠。

　　紆鬱——心如絲之鬱結而發愁。

(傳)唐　周昉
　　鶴(簪花仕女圖，部分)

唐　西安懿德太子墓壁畫

觀鳥捕蟬圖

這一年，在他還未離長安時，有一天，經過城南潏水濱，聽山農講述白蛇上樹咬死小鷹，忽遇俊鶻飛來報仇的故事，回去就寫了一首《義鶻行》。據杜甫自己說，那是為了「用激壯士肝」。這首《畫鶻行》，則是以寫畫鶻，抒發其「紆鬱」之情。杜甫一方面讚美鶻畫得「神俊」，說畫師「功刮造化窟」，使「滿樛枝」的「烏鵲」都感到「恐其出」；另一方面，又借畫鶻之不能飛出而「傷」自己的困境。所以說：「吾今意何傷，顧步獨紆鬱。」封建時代的士大夫，得意時忘形，失意時消沉，杜甫有時也不能例外。

《姜楚公畫角鷹歌》

楚公畫鷹鷹戴角，殺氣森森到幽朔。
觀者貪愁掣臂飛，畫師不是無心學。
此鷹寫真在左綿，却嗟真骨遂虛傳。
梁間燕雀休驚怕，亦未搏空上九天。⑫

唐畫詩中看

⑫ **楚公**——姜皎，泰州上邽人，開元初住殿中任中監，封楚國公。

角鷹——猛禽類，鷲的一種，營巢於高樹上，捕食小動物。又據《埤雅》：「鷹鶻頂有角毛微起，通謂之角鷹。」

殺氣——原句為「殺氣森森到幽朔」。見《杜臆》：殺氣到幽朔，乃安史反地，時尚未平，故云。「貪愁」二字合用妙。貪其入臂，又愁其掣臂而飛也。「畫師不是無心學」，但不能學耳。形容佳畫，止於奪真，而窮工極變，如「高堂見生鶻，颯爽動秋骨」，奇矣，「却疑真骨遂虛傳」，愈出愈奇。

左綿——今四川綿竹，當時產鷹。

掣臂——掣，牽曳，言鷹於臂上牽曳著。

却嗟——一本作却疑。

姜楚公即姜晈（皎）。據《唐書》記載，姜秦州上邽（今甘肅秦安北）人。父確，唐初時的將作少匠。姜晈性機靈，當玄宗為太子時，「晈識其有非常度，委心焉」。及玄宗即位，晈得以「出入臥內，陪燕私，詔許捨敬」，並「賜宮女、廄馬及其它珍物，前後不勝計」。開元初任殿監，又封為楚國公。開元五年，「下詔放歸田里，使自娛」。也就在這段時間，晈潛心畫事，「專畫鷹、雀之類，極生動之致」。

杜甫詩中提到的「角鷹」，屬猛禽類，是鷲的一種，營巢於高樹上，捕食小動物。據《埤雅》云：「鷹鶻頂有角毛徵起，通謂之角鷹」。

杜甫寫此詩，年五十一，姜晈已不在人世。有人說：「姜與杜頗有交誼，故贈之以畫鷹」，不知何據。考姜晈於開元十年病故時，杜甫還只有十歲，所以說杜甫與姜晈「頗有交誼」是不確切的。

這首詩的前六句寫姜晈畫角鷹的精妙。「此鷹寫真在左綿，却嗟真骨遂虛傳」，言真鷹不及畫鷹，真鷹成了朽骨，畫鷹倒反保存下來，使「千載寂寥，披圖可鑒」。宋詩人陸放翁在《題塙本姜楚公鷹》詩中也提到，「海陵俊鶻何由得，空看綿州舊畫鷹」，雖然是「空看」，但總要比「何由得」來得實在，而且「海陵俊鶻」依舊靠「畫鷹」而得傳。

杜甫題這幅角鷹圖，出於自己的想像，如「殺氣」、「到幽朔」，又如「貪愁」、「掣臂飛」，以及最後兩句「梁間燕雀休驚怕，亦未搏空上九天」等，都非畫中形象。詩人見到鷹的凶猛，故有「殺氣」之感，同時也聯想到那時未平息的安史之亂，因此發出「殺氣森森到幽朔」之嘆。唐代安、史之亂，起天寶十四年（公元七五五年），迄廣德元年（公元七六三年），歷時九年。「幽朔」一帶竟無安寧之處，

這是由於安慶緒（祿山子）敗退河北造成的。而後史思明據魏州（河北大名縣）反，與安慶緒據鄴（河北臨漳南、河南安陽北）遙為聲援，使李唐統治集團大恐，派郭子儀、李光弼、李煥等以步騎二十萬圍鄴。混戰之時，生民塗炭，死傷萬計。當鄴城被圍時，城中食盡，一鼠值錢四千文，兵士到處搶掠，百姓衣服被剝，竟有用紙蔽體的。這些情況，杜甫當年從洛陽回華州途中，可能都有所聞。杜甫居蜀中，戰亂尚未休止，故作此詩以發興，又借畫鷹而悲時。

姜皎畫中提到的這種角鷹，唐人飼養起來作為狩獵之用。陝西乾縣發現的唐章懷太子墓，墓道東壁畫狩獵出行圖，其中就有一騎者帶著角鷹。由此可見，姜皎所畫角鷹，反映了當時的一種習俗。

唐畫詩中看

《觀薛稷少保書畫壁》

少保有古風，得之《陝郊篇》。
惜哉功名忤，但見書畫傳。
我游梓州東，遺蹟涪水邊。
畫藏青蓮界，書入金榜懸。
仰看垂露姿，不崩亦不騫。
鬱鬱三大字，蛟龍岌相纏。
又揮西方變，發地扶屋椽。
慘澹壁飛動，到今色未填。
此行疊壯觀，郭薛俱才賢。
不知百載後，誰復來通泉。

《通泉縣署屋壁後薛少保畫鶴》

薛公十一鶴，皆寫青田眞。

畫色久欲盡，蒼然猶出塵。

低昂各有意，磊落如長人。

佳此志氣遠，豈惟粉墨新。

萬里不以力，群游森會神。

咸遲白鳳態，非是倉鶊鄰。

高堂未傾覆，常得慰嘉賓。

曝露牆壁外，終嗟風雨頻。

赤霄有眞骨，恥飲洿池津。

冥冥任所往，脱略誰能馴。⑬

⑬ **陝郊篇**——薛少保前有《秋日還京陝西十里作之詩》，所以在這首詩中提到。

郭薛——郭指郭元振；薛指薛稷。杜甫在成都梓州之間奔走時，曾訪陳子昂、郭元振和薛稷的故蹟，對他們表示敬仰。

功名忤——忤本作牾。功名忤，即考功名時受到忤折，不順利。

垂露——漢·曹喜，字仲則，工篆隸，變懸針垂露之法，後世世不易。

騫——虧損之謂，《詩·小雅》謂「不騫不崩」。

三大字——指薛稷所書「慧普寺」三字。

西方變——即阿彌陀經西方極樂淨土變相。

通泉——世傳郭元振與薛稷，「舊爲同舍，後又會於通泉」，故詩人以此發興。

青田——相傳晉時，青田有雙白鶴，年年生子，子長大便去，只餘父母，精白可愛，人皆以爲神仙所養。

常得——一本作幸得。

赤霄——赤日在雲霄謂之赤霄，或形容飛翔得高。

薛稷，字嗣通。《唐書》有傳。景龍末年（公元七〇九年）為昭文館博士，官至太子少保禮部尚書，睿宗時封晉國公。他與畫鷹的姜皎一樣，都是貴族出身。他的外祖父魏徵是太宗時的名臣，家中收藏很多書法名畫，這使薛稷得以觀摩學習，收益不少。

薛稷畫鶴最有名，畫史有「薛鶴」之稱。至北宋時，宣和殿收藏他的「啄苔鶴圖」和「顧步鶴圖」各一幅，及其它「鶴圖」五幅。薛稷也畫人物、樹石、鳥獸。當時的京城長安、東都洛陽及西蜀成都等地，都有他作的壁畫。

在這兩首詩中，杜甫既讚美了薛的書畫，也伸述了自己暮年的不得志。在《觀薛稷少保書畫壁》中，杜很賞識薛稷的才學，可惜他沒有得到當權者的重視，所以說「惜哉功名忤」。這是講薛稷，也是講自己。米芾《畫史》中說：「杜甫詩謂，薛少保惜哉功名忤，但見書畫傳。甫老儒汲汲於功名，豈不知固有時命，殆是平生寂寥，所慕嗟乎。五王之功業，尋為女子笑。」杜老不會想到在他論詩後三百多年，竟有人對他作如此的評論。

這兩首詩，是杜甫五十一歲時所寫。那時杜甫為了衣食，不時奔走成都、梓州間，但只有射洪、通泉一行，才懷著崇敬的心情去憑弔郭元振、陳子昂和薛稷的故迹。

通泉縣「鶴圖」中的十一隻鶴，各有低昂的意態，竟引出了詩人的長嘆。他說：「赤霄有真骨，恥飲洿池津，冥冥任所往，脫略誰能馴」。這是一種空想，是不能實現的。

唐畫詩中看

真骨——正直磊落謂之真骨。

冥冥——昏晦之謂，或言「蔽人目明，令無所見也」。

脫略——縱任不受拘束。

那時，士大夫要想「脫略」、「清高」，只不過一句口頭禪，無非說給旁人聽聽，也用以自慰罷了。「天下尚未寧，健兒勝腐儒」，這倒是杜甫明白時務的心裏話。

鶴的題材，向爲畫苑所重，尤其在民間，畫鶴更多。唐代在薛稷之後，如馮紹正、蒯廉、程凝、陶成等，俱善畫鶴。至五代，西蜀花鳥畫家黃筌畫鶴也很有名。《圖畫見聞志》引用民間諺語說：「黃筌畫鶴，薛稷減價」。黃筌應蜀主之命，「寫六鶴於便坐之殿，因名六鶴殿」，於是畫鶴之風，流行一時。此後畫鶴，代有名家。鄭績《夢幻居畫學簡明》「論水禽」中說：「鶴爲仙禽，能運氣多壽，性高潔，不與凡鳥郡。行依洲渚，少集林木，雖曰栖松，原爲水鳥」，「朱頂赤目，紅頰青脚，尾凋膝粗，白羽黑翎」，「至美至善」。他的敍述，雖未講出畫鶴的道理，但於此可知畫家對於鶴的形象，向來是非常讚賞的。

《觀薛稷少保書畫壁》一詩，內有「又揮西方變⋯⋯到今色未填」句。關於「到今色未填」，有人認爲「顏色剝落，使人感到似乎未有填彩那樣。」這是曲解。其實「到今色未填」，是指壁畫原來未填彩。按唐代壁畫，「到今色未填」的不乏其作，現存敦煌莫高窟的唐畫中，即有此類「色未填」的壁畫。如一〇三窟唐畫維摩詰經變中維摩，有一部分就是「色未填」；還有如五十二窟窟頂千佛，也只是勾好線，除了衣服，其餘部分「色未填」。又見記載，如張彥遠《歷代名畫記》中提到，「菩提寺佛殿⋯⋯有楊廷光白畫」、「慈恩寺大殿東廊從北第一院鄭虔、畢宏、王維等白畫」，「寶應寺多韓幹白畫，亦有輕成色者。」這裏說的白畫，就是只用墨筆勾線，不填彩色。可知杜甫所論的這鋪《西方變》，屬於原來未填色彩的畫圖。這與他在通泉縣

宋 牧谿
鶴

宋　無款　白鷹

清　任伯年
松鶴圖

見到「畫色久欲盡」的「鶴圖」是不同的。「鶴圖」是原來設色，後因年久而色褪。所以說「色未填」與「色欲盡」是兩種情況，不是一回事。

薛稷不但是畫家，而且是書法家。當時曾流行「買褚得薛，不失其節」的說法。張懷瓘《書斷》評其「書學褚（遂良）公，綺麗媚好，膚肉得師之半矣！可謂河南（褚）之高足，甚為時所珍」。從杜詩「鬱鬱三大字」中得知，薛稷為慧普寺親筆題名，用的是「垂露體」，為觀者稱頌。《輿地紀勝》中也記載：「薛稷書慧普寺三字，方徑三尺，筆劃雄健」，向為書苑所珍重。

《楊監又出畫鷹十二扇》

近時馮紹正，能畫鷙鳥樣。
明公出此圖，無乃傳其狀。
殊姿各獨立，清絕心有向。
疾禁千里馬，氣敵萬人將。
憶惜驪山宮，冬移含元仗。
天寒大羽獵，此物神俱王。
當時無凡材，百中皆用壯。
粉墨形似間，識者一惆悵。
干戈少暇日，真骨老崖嶂。
為君除狡兔，會是翻鞲上。⑪

唐畫詩中看

⑭　鷙鳥——凡性猛之鳥稱鷙鳥，如鷹、鶻、鵰、鶚之類。

心有向——一本作心有尚。

翻鞲上——一本作飛鞲上；鞲，臂衣，此即謂鷹騰上獵人的臂衣上。

公元七六六年，殿中楊監赴蜀去見杜鴻漸，道經夔州，碰到了杜甫，出示了張旭的法書後，又出示十二扇鷹畫。杜看後寫了這首詩。

楊監收藏的十二扇鷹畫，是馮紹正手筆。馮在開元初任職少府監，後升戶部侍郎。相傳馮「善畫龍水」，更喜畫鷹、鶻、鶴、雞、雉。《明皇雜錄》中說他畫龍最生動。相傳開元間某年，天大旱，馮應玄宗之命，在龍池宮殿四壁畫了四條龍，許多官員圍著看，設色未了，就有一條白龍從壁上飛了出來，鑽入龍池，頃刻波濤洶湧，雷電交作，大雨滂沱。這個故事雖屬子虛，但編造得很生動，無非用來稱讚馮有驚人的畫藝。

杜在這首詩中，藉畫鷹而發洩傷時之感。王嗣奭《杜臆》中說：「公賦鷹賦馬最多，必有會心語，人不可及。此『清絕心有向』是也。『識者一惆悵』，無限感慨，雖奇才異能，用之有時。如今干戈少暇日，則眞骨老於崖嶂矣！」這段話，點到了杜甫當時內心的痛癢處。

「疾禁千里馬，氣敵萬人將。憶惜驪山宮，冬移含元仗。天寒大羽獵，此物神俱王。當時無凡材，百中皆用壯。」這是從畫鷹而聯想到開元野外射獵時的「盛況」。如同他寫八首「秋興」一樣，都是身在夔州而心往長安。當杜甫看到十二扇鷹畫時，唐代的「盛況」已經過去，所以使這個善感的「儒生」面對「粉墨形似間」的老鷹形象，產生了「眞骨老崖嶂」的不勝慨嘆。詩是托興之言，這首詩主要托在痛惜自己的「人才被埋沒」處。

詩中提到「天寒大羽獵，此物神俱王」的情景，在近年發掘出來的乾縣唐代章懷太子和懿德太子墓的壁畫中，都有此種作品。當時皇家或豪門出獵，都帶有久經訓練的

矯健獵鷹。相傳岐王李范畜有「北山黃鶻」,申王李撝蓄有「高麗赤鷹」與「青瑪鶻」。這些獵鷹,都有專人飼養。在懿德太子墓第二過洞東壁,畫兩個男侍,各養一鷹,狀極生動,便是當時皇家養鷹之一瞥。有的飼養了好鷹,或見有好鷹,還去請人作畫或賦詩。杜甫就說過,有一位王兵馬使,因得黑白二神鷹,請他「賦詩」。有一位何總監,得白鷹,以其「碧眼有神」,特請畫家繪圖。也有畫家專畫鷹鶻,售與販賣獵鷹者作爲廣告的。

杜甫在詩中,提到了「粉墨」,這與「水墨」不同。據唐人畫迹,粉墨一是墨畫中加粉彩,二是以粉彩打底,然後勾墨線。詩中提到「粉墨形似間」,或許指後一種畫法。現存宋人畫的《白鷹圖》,以粉彩畫鷹體,再在粉色中染以淡墨、淡彩,從而分別羽毛及各部分層次。這種傳統的表現方法,遠在漢代已運用。

詩中提到「近時馮紹正,能畫鷙鳥樣」這個「樣」字,說明馮畫鷙鳥具有自己的風格特點。唐代稱吳道子畫爲「吳家樣」,稱周昉畫爲「周家樣」,稱曹元廓爲「詔命元廓畫樣」等。唐代繪畫比較發達,各種流派開始形成,所謂「樣」,就是流派開始形成的一種尊稱。

四、題畫馬

《天育驃騎歌》

吾聞天子之馬走千里,

今之畫圖無乃是。

是何意態雄且傑,駿尾蕭梢朔風起。

毛爲綠縹兩耳黃，眼有紫焰雙瞳方。

矯矯龍性合變化，卓立天骨森開張。

伊昔太僕張景順，監牧攻駒閱清峻。

遂令大奴守天育，別養驥子憐神俊。

當時四十萬匹馬，張公嘆其材盡下。

故獨寫眞傳世人，見之座右久更新。

年多物化空形影，嗚呼健步無由騁。

如今豈無騕褭與騏驥，

時無王良伯樂死即休。⑮

　　這首詩的題目，宋人作《天育驃圖歌》。明人王嗣奭認爲「題上缺一畫字」。清·施鴻保《讀杜詩說》題作「天育

⑮　**天育驃騎歌**——一本作「天育驃圖歌」，驃下無騎字，應以此爲
宜。

驃——驃，黃馬發白，如作縹，靑白色。又說，跑得快的馬稱
驃。

蕭梢——風木搖動聲，亦作蕭蕭，馬嘶鳴爲「蕭蕭馬鳴」。

張景順——張爲宮中飼養御馬的官員。張說《隴右監牧頌德碑
序》中說：開元元年牧馬二十四萬匹，到了開元十三年，發展
到四十三萬匹。所以在這首詩中有句云，「當時四十萬匹馬」，
是有所指的。

大奴——王毛仲，本高麗人，其父坐事，沒官，毛仲隸於玄宗。

驥子——善馬稱驥，通稱千里馬。驥子，好馬之後。

王良——春秋時人，善養馬、御馬。

伯樂——春秋秦穆公時人，名孫陽，又名伯樂，善相。所以
有云，「使驥不得伯樂，安得千里之足」。

驃騎圖歌」。

此詩表明因畫思眞，以眞爲畫，將眞馬、畫馬交互言之。「矯矯龍性合變化，卓立天骨森開張」，正是點出了畫馬的「神駿」。「卓立」句，成爲全詩發興的總樞紐。

杜寫此詩時正在長安，與他的《畫馬贊》同年（公元七五四年，即天寶十三年）作。這個時期，唐代從「盛世」走向下坡。作者以無限悲感的調子作爲全詩的結束。末了四句，前二句「悲旣往」，寫出「年多物化空形影，嗚呼健步無由騁。」後二句「悲現在」，藉馬以喻世有眞才，「伯樂不常有」，如無知遇，只好「死即休」。這是嘆息，也是牢騷。

杜甫在長安十年，曾直接向皇帝投延恩匭，進《三大禮賦》、《雕賦》，都沒有起什麼大作用，未能使他得到發揮「才能」的機會或相應的職位。「流水生涯盡，浮雲世事空」。他的悲駿馬，亦即悲自己。他的意思，正如韓愈在《雜說》中慨嘆的：「曰天下無馬，嗚呼！其眞無馬耶？其眞不知馬也」。歷代詩文在托物興辭時，往往是言近旨遠，杜甫的這首咏畫馬詩，也具有這個特點。

早在唐以前，馬便成了繪畫的專題，而且產生了許多畫馬的專門家。漢代的壁畫、漆畫和石刻畫像，就有不少車馬的作品，山東孝堂山的石刻群馬，極生動之至。相傳晉代史道碩畫「八駿」，風神超越。還有王獻之畫「渥洼馬圖」，康昕畫「奔馬圖」。南北朝時，畫馬者更多，謝稚還畫「三馬伯樂圖」，富有一定的情節性。至隋代，如展子虔、董伯仁、楊契丹等，無不以擅畫車馬而聞名。唐代如李緒、曹霸、陳閎、韓幹、韋鑒、韋偃等，都以畫馬而享盛名。畫論中，也有不少是專談畫馬的。

唐畫詩中看

《畫馬贊》

韓幹畫馬，毫端有神。

驊騮老大，腰裹清新。

魚目瘦腦，龍文長身。

雪垂白肉，風蹙蘭筋。

逸態蕭疏，高驤縱恣。

四蹄雷電，一日天地。

御者閑敏，去何難易；

愚夫乘騎，動必顛躓。

瞻彼駿骨，實惟龍媒。

漢歌燕市，已矣茫哉。

但見駑駘，紛然往來。

良工惆悵，落筆雄才。⑯

　　此贊係杜甫於公元七五四年（天寶十三年）在長安時所寫。與《奉先劉少府新畫山水障歌》同年作。這一年，他除了寫此贊外，還寫了不少咏馬的詩，如《驄馬行》、《沙

⑯ **驊騮**——周穆王八駿之一，此指好馬。

腰裹——或作驅裹。古駿馬名。通稱神馬。

龍文——身上有鱗斑紋。

顛躓——顛頓不順利之謂。

龍媒——駿馬稱龍媒。《漢書·禮樂志》載：「天馬徠兮龍之媒」。

御者——即御人，駕御車馬的人。

高驤——馬疾首昂舉爲驤，此形容馬的器宇高俊昂然。

苑行》等。當時朝廷牧馬甚多，其數不下四十萬匹。據說當時在朝的京官，食祿不足以維持十口之家的，也要養幾匹馬裝裝門面，有些官僚、殷富，養馬成了僻嗜。每次胡商販馬到長安，他們聞訊，立即帶「相馬翁」親往城郊選購，把好馬當作「賞玩」的對象。故當時有「美姬駿足，豪門二嬌」之說。

「贊」中提及的韓幹，長安人，少時家貧，曾爲酒家作雜差，後得王維資助，才有了專心學畫的條件。幹是人物畫家，又是畫馬名手，初師曹霸。據說天寶間，唐玄宗叫他學陳閎畫法，韓幹沒有這樣做，玄宗詰問他爲什麼，他回答道：「臣自有師，陛下內廄之馬，皆臣之師也。」（見《唐朝名畫錄》），這則故事，說明韓幹畫馬是有生活基礎的。在這篇贊中，杜甫贊美「韓幹畫馬，毫端有神」，評價極高。但是杜甫在十年後所寫的《丹青引》，卻說「韓唯畫肉不畫骨，忍使驊騮氣凋喪」。對韓幹的評價，前後有矛盾。其實這是對韓幹繪畫的評論深入了一步，看出了韓在某方面的短處，作了補充（詳見《丹青引》散記中）。韓幹作品，流傳至今的有《照夜白》、《牧馬圖》、《猿馬圖》、《洗馬圖》及《呈馬圖》等。

杜甫贊韓幹畫馬，影響很大。宋代蘇東坡對此稱頌不已，他在《韓幹馬》中寫道：「少陵翰墨無形畫，韓幹丹青不語詩。此畫此詩今已矣！人間駑驥漫爭馳」。就是說，杜甫詩中有畫，韓幹畫中有詩。詩爲「無形畫」，畫爲「不語詩」，成了後人論畫論詩的口頭禪。

《題壁上韋偃畫馬歌》

唐畫詩中看

韋侯別我有所適，知我憐君畫無敵。

戲拈禿筆掃驊騮，欻見騏驎出東壁。

一匹齕草一匹嘶，坐看千里當霜蹄。

時危安得真致此？與人同生亦同死。⑰

　　公元七五九年（乾元二年）臘月，杜甫到達成都。在一些朋友的幫助下，於第二年（上元元年）暮春，建成他的「草堂」。堂在「浣花溪水水西頭」，即在「西嶺紆村北」的「萬里橋西」，臨近錦江。畫家韋偃與杜甫有鄉誼之情，給草堂壁上畫馬留念，主人感到高興，便寫下了這首詩。當我在浣花溪，徘徊於草堂故址時，不無感慨。使我吟出了一絕。小詩云：「不見草堂在，韋侯雙馬亡。杜公知也未，千載存蒼涼。」

　　韋偃畫馬很有名氣。但是張彥遠撰《歷代名畫記》評韋偃「善小馬」。黃伯思在《東觀餘論》中卻認為不是這樣，他說：「余謂杜子美咏偃禿筆掃驊騮，騏驎出東壁，即不特善小駒而已」。黃伯思又說：「曹將軍畫馬神勝形，韓丞畫馬形勝神，偃從容二人間」。這段評語，竟成了後人論韋偃畫馬的根據。

　　韋偃在杜甫草堂的東壁，畫了兩匹馬，一匹正在吃草，一匹在嘶叫。由於主人「愛其神駿」，竟想以此同生死。詩記述畫馬之外，更感於身世，故而慨嘆。歷來的評注者，都以為「少陵（杜甫）咏馬詩，皆自慨生平兼及時事。」

⑰　**欻見**——如見光亮一閃，猶言迅速，一見即逝。

　　齕草——即吃草。

　　嘶——馬鳴為嘶，如雞叫為啼。

（傳）唐　韋偃
雙騎圖

宋　李公麟

五馬圖(之一)

進　到　錦　膊　驄　八　歲　四　尺　六　寸

如《高都護驄馬行》、《瘦馬行》、《房兵曹胡馬》以及題曹霸畫馬等，確是以馬喻人，借馬抒懷。這首詩中的「時危安得眞致此？與人同生亦同死」與「所向無空闊，眞堪托死生」（《房兵曹胡馬》）等，都從馬想到了可共生死患難的朋友之交。正如沈德潛在《說詩晬語》中所說：「其法全在不粘畫上發論」。

韋偃作品，至今流傳的尚有絹本設色《雙騎圖》，畫人馬各二：，並鞭馳。據《石渠寶笈續編》稱該圖：「上題唐貞觀年韋偃畫」。這個「貞觀」年份顯然是後添，且又寫錯了的。貞觀是唐太宗李世民的年號，即公元六二七年至六四九年。韋偃爲杜甫草堂作畫是在公元七六○年，距貞觀至少有一百十多年。說明韋偃不可能在貞觀時作畫。又見杜甫《戲爲雙松圖歌》中，說「畢宏已老韋偃少」，更可以證明韋偃絕非貞觀時人。《雙騎圖》今在臺灣。韋畫被宋代李公麟臨摹的有《牧放圖》，今藏故宮博物院。畫中牧人一百四十三個，馬一千二百八十餘匹，畫爲橫幅，氣勢磅礴，牧人的行止，馬群的聚散，作者無不在取勢、佈勢、寫勢上下足功夫，所以讀此畫，彷彿聽一支交響樂曲，不覺神往。

關於韋偃畫馬，蘇軾也有詩讚許，並取杜詩之意而加以發揮。茲錄之，以與杜詩相輝映。蘇軾《韋偃牧馬圖》：

唐畫詩中看

《韋偃牧馬圖》

神工妙技帝所收，江都曹韓逝莫留。

人間畫馬惟韋侯，當年爲誰掃驊騮。

至今霜蹄踏長楸，圉人困臥沙壟頭。

沙苑茫茫蔟蓬秋，風驟霧鬣寒颼颼。

龍種尚與駑駘游，長秸短豆豈我羞。

八鑾六轡非馬謀，古來西山與東邱。

蘇軾在這首詩中，正如王嗣奭說的「不無作悲見馬之嘆」，並與杜詩具有同樣的「沉鬱」意味。在畫史上，當評論到韋偃畫馬時，杜甫的這首題韋偃畫馬詩，和蘇軾的這首題《韋偃牧馬圖》歌，無不作為姊妹篇來引用。

《韋偃錄事宅觀曹將軍畫馬圖》

國初已來畫鞍馬，神妙獨數江都王。

將軍得名三十載，人間又見真乘黃。

曾貌先帝照夜白，龍池十日飛霹靂。

內府殷紅馬腦碗，婕妤傳詔才人索。

碗賜將軍拜舞歸，輕紈細綺相追飛。

貴戚權門得筆迹，始覺屏障生光輝。

昔日太宗拳毛騧，近時郭家獅子花。

今之新圖有二馬，復令識者久嘆嗟。

此皆騎戰一敵萬，縞素漠漠開風沙。

其餘七匹亦殊絕，迥若寒空動烟雪。

霜蹄蹴踏長楸間，馬官廝養森成列。

可憐九馬爭神駿，顧視清高氣深穩。

借問苦心愛者誰，後有韋諷前支遁。

憶昔巡幸新豐宮，翠華拂天來向東。

騰驤磊落三萬匹，皆與此圖筋骨同。

自從獻寶朝河宗，無復射蛟江水中。

君不見金粟堆前松柏裏，

龍媒去盡鳥呼風！⑱

　　杜甫這首詩作於公元七六四年，與他的《丹青引》同
年作。

　　詩的開頭，杜甫就提出了江都王，意在說曹霸畫馬與
江都王同具神妙。江都王李緒，是唐朝皇族。多才藝，善
畫蟬、雀、驢、馬等。

　　杜甫在詩中，對這幅「九馬圖」作了詳細的描述。先
言二馬，復言七馬，然後綜述九馬。他說這些馬「顧視清
高氣深穩」。「清高深穩」四字，借馬喻士。《杜臆》中說，
「馬有此四字，是謂國馬，士有此四字，是爲國士。」唐

⑱　**曹將軍**──指曹霸，玄宗曾封他爲右衛將軍。

　　江都王──李緒，唐太宗侄，封江都王，畫馬有名。

　　乘黃──黃色之馬，或是馬名，此作駿馬解。

　　照夜白──爲唐玄宗的良馬。

　　龍池──在長安唐宮南內。

　　婕妤、才人──唐內廷制度，宮中有婕妤九個，才人七個。

　　拳毛騧──唐太宗的名馬。

　　獅子花──郭子儀家的名馬。

　　支遁──東晉時名僧。

　　新豐宮──在驪山下的華清宮。

　　翠華──指帝皇的旗幟，上有翠毛的裝飾品。

　　金粟堆──在今之陝西蒲城縣，唐玄宗葬在那裏，號秦陵。

　　龍好──指好馬，漢樂府有「天馬來，龍之媒」句。

昭陵雕有六駿，係李世民（太宗）紀念他在建立政權的每次戰爭中所騎的愛馬。當時即以「國馬」視之。「六駿」即青騅、什伐赤、特勒驃、颯露紫、拳毛騧、白蹄烏。

詩中還提到了當時京都養馬的盛況。所謂「騰驤磊落三萬匹」，只不過是一個虛數。在玄宗統治時期，京都長安養馬多至四十三萬匹。那個時候，除皇帝外，那些皇親國戚如寧王憲、申王撝、岐王范、薛王業，以及楊國忠等，都養了數以千計的駿馬，朝廷並以此誇耀「國運隆盛」。蘇軾在《申王畫馬圖》中說：「天寶諸王愛名馬，千金爭致華軒下。當時不獨玉花驄，飛電流雲絕瀟灑。兩坊岐薛寧與申，憑陵內廄多清新。」不但如此，皇帝還往往命畫家來描繪御廄中的名駒。玄宗的愛馬「照夜白」，不知被多少名畫家描繪過。玄宗之兄寧王李憲，善畫馬，在宮內花萼樓下畫「六馬滾塵圖」，博得「天子開顏笑」。當時的權貴們，見皇帝開了這個風氣，都學起樣來。凡家中養有好馬，請不到第一流畫家的，也得請次一流的畫家來畫。曹霸當日拜賜歸來時，「貴戚權門」都「紈綺追飛」，急切地來求他作畫。但大名家畢竟不多，所以能得到像曹霸那樣的筆迹，便「覺屏障生輝」了。

唐代的好景不長，自天寶安、史亂後，各個方面都一蹶不振。養馬數也從四十多萬匹降至八萬匹。至德二年（公元七五七年），杜甫在肅宗朝任拾遺，這年閏八月奉墨敕許還鄜州省家，因為公私之馬都收入軍中，連少量的交通用馬都沒有了，結果弄得一個拾遺京官也只好「白頭徒步歸」。造成這種現象的原因，一方面由於戰亂，另一方面由於統治階級的高度掠奪與政治上的腐敗。當時不但馬少了，人口也大大減少。天寶十三年（公元七五四年）人口

為五千二百八十八萬，至乾元三年（公元七六〇年），經過一場戰亂，雖然首尾只有六年，全國人口只剩下一千六百九十九萬，竟減少十分之六、七。極一時之盛的「盛唐」，到了這個時候，每況愈下。「君不見金粟堆前松柏裏，龍媒去盡鳥呼風！」所以杜甫也以玄宗李隆基之死，作為他悲時的分水嶺。

《丹青引》

將軍魏武之子孫，於今為庶為清門。
英雄割據雖已矣，文采風流今尚存。
學書初學衛夫人，但恨無過王右軍。
丹青不知老將至，富貴於我如浮雲。
開元之中常引見，承恩數上南熏殿。
凌烟功臣少顏色，將軍下筆開生面。
良相頭上進賢冠，猛將腰間大羽箭。
褒公鄂公毛髮動，英姿颯爽猶酣戰。
先帝御馬玉花驄，畫工如山貌不同。
是日牽來赤墀下，迥立閶闔生長風。
詔謂將軍拂絹素，意匠慘澹經營中。
須臾九重真龍出，一洗萬古凡馬空！
玉花卻在御榻上，榻上庭前屹相向。
至尊含笑催賜金，圉人太僕皆惆悵。
弟子韓幹早入室，亦能畫馬窮殊相。
幹唯畫肉不畫骨，忍使驊騮氣凋喪。
將軍畫善蓋有神，偶逢佳士亦寫真。
即今漂泊干戈際，屢貌尋常行路人。

唐畫詩中看

途窮反遭俗眼白，世上未有如公貧。

但看古來盛名下，終日坎壈纏其身。⑲

　　《丹青引》是杜甫論畫詩中的長歌，計二十韻。寫畫
家曹霸一生的變化。詩的起句敘述了曹的身世。「將軍魏武
之子孫，於今為庶為清門」。這是交代曹霸是三國曹門舊
族，結果成了社會下層的「庶人」。在封建社會裏，貴族被
貶為「庶人」是一種極大的打擊。杜甫是晉代名將杜預的
第十三代孫，其祖父杜審言，是膳部員外郎，也算是一個

⑲　**魏武**——曹丕登位，國號魏，追諡曹操為太祖武皇帝。

　　為庶——做平民百姓。

　　清門——貧寒人家。

　　衛夫人—普李矩妻，衛恒侄女，名鑠，字茂漪，工書法。

　　王右軍——王羲之，官右軍。

　　南薰殿——在長安南內興慶宮中。

　　凌煙——即凌煙閣。指貞觀十七年，唐太宗命圖畫長孫無忌、
杜如晦、魏徵等功臣二十四人於凌煙閣。

　　進賢冠——文官朝見皇帝時的一種禮冠。

　　大羽箭——相傳唐太宗特製插有四排羽毛的大竿長箭。

　　褒公、鄂公——段志元封褒國公。尉遲敬德封鄂國公。

　　九重——言深宮大院內。

　　至尊——指皇帝。

　　圉人——養馬人。

　　太僕——掌管車馬的官。

　　眼白——即白眼，對人不屑正視意。

　　坎壈——遭遇不佳，或指失意窮困。

有「門第」的讀書人。但在長安十年中，他向玄宗進《雕賦》，進《三大禮賦》，敍明身世，講盡好話，仍然得不到「天子哀憐」。杜甫將心比心，對於一個「不得志」而遭厄刼的曹霸，便發出了無限同情的慨嘆。寫此詩的這一年（公元七六四年），杜甫於春初往閬州，三月重返草堂，碰到了流落在成都的曹霸，自然更增加了他的感懷。

「學書初學衛夫人，但恨無過王右軍。丹青不知老將至，富貴於我如浮雲。」這是講曹霸學書學藝的情況，意即「同能不如獨勝，故捨學書而專精於畫。」但詩人的立意，不只是這些，還在於寫曹的「光榮」經歷。所以筆一轉，就轉到了詳盡地描寫曹霸曾如何為皇帝效勞，而皇帝又如何看重曹霸。「開元之中常引見，承恩數上南薰殿。凌烟功臣少顏色，將軍下筆開生面。良相頭上進賢冠，猛將腰間大羽箭。褒公鄂公毛髮動，英姿颯爽猶酣戰。」公元六四三年（貞觀十七年）二月間，唐太宗李世民為了嘉獎效忠他的大臣，特地命畫家閻立本在「凌烟閣」畫了二十四個功臣像，到了開元初，時隔七十多年，由於畫像褪了顏色，所以玄宗李隆基便叫曹霸去「開生面」。這裏指的褒公殷志元、鄂公尉遲敬德，都屬「凌烟功臣」。詩中的描述，表明曹霸「數上南薰殿」，是一個常被「天子引見」的顯赫人物。這段筆墨，無疑為曹霸後來的飄泊生活作了伏筆。這首詩，表現出詩人是一個「善於知人解藝者」。

唐畫詩中看

「先帝御馬玉花驄」至「忍使驊騮氣凋喪」句，寫曹霸畫馬的本領。畫馬藝術，秦漢以來一直盛行。當時是作為尚武精神來表現的。不但見於繪畫，也見於刻石與泥塑。

「須臾九重真龍出，一洗萬古凡馬空」，是對曹霸畫馬的極大讚賞。詩中，前面提到「畫工如山貌不同」，下面卻用「一

洗萬古」四字，突出了曹的畫馬，而把其餘畫馬統統看作不在話下。詩中寫的「玉花驄」，一在御榻上，一在「庭前」，點出畫馬、眞馬「屹相向」，這對讚美畫馬，做到雖不直言卻言得更好。這種手法，與高適在《同鮮于洛陽於華員外宅觀畫馬歌》中所寫的「主人娛賓畫障開，只言騏驥西極來。半壁趣趨勢不住，滿堂風飄颯熱度。家僮愕視欲先鞭，櫪馬驚嘶還屢顧……」極爲相似，都是借用畫外實景來襯托高明的藝術表現。所以王嗣奭在《杜臆》中說：「公（杜甫）之筆又不減於曹之畫矣。」

這首詩還涉及到對韓幹繪畫的評論。由於歷代評論者對杜詩理解的不同，也就產生了不同的議論。

「弟子韓幹早入室，亦能畫馬窮殊相。幹唯畫肉不畫骨，忍使驊騮氣凋喪」這一段描述，含義是：一說曹霸畫藝卓越，才能培養出像韓幹那樣有名的「入室弟子」；二說像韓幹那樣的弟子，還不能「青出於藍」，益見曹在藝術上的成就，絕非一般。「幹唯畫肉不畫骨」句，曾費了不少評畫者的筆墨。唐人張彥遠在《歷代名畫記》中指責杜甫，說「杜甫豈知畫者，徒以幹馬肥大，遂有畫肉之誚」，並且引經據典，說明韓幹畫馬「古今獨步」。唐人顧雲在《蘇君廳觀韓幹馬障歌》中也說：「杜甫歌詩吟不足，可憐曹霸丹青曲。直言弟子韓幹馬，畫馬無骨但有肉，今日披圖見筆迹，始知甫也眞凡目」。批評可謂尖刻。宋人黃山谷也說：「曹霸弟子沙苑丞，喜作肥馬人笑之」。但是，宋人張來提出另一種看法，以爲當時皇家的馬，飼養得好，「磊落萬龍無一瘦」，又由於「韓生丹青高天廐」，所以「幹寧忍不畫驊骨」。蘇軾在《書韓幹牧馬圖》中也說：「先生曹霸弟子韓，廐馬多肉尻脽圓。肉中畫骨誇尤難，金羈玉勒繡

唐　韓幹

韓幹　牧馬圖

唐　韓幹　照夜白

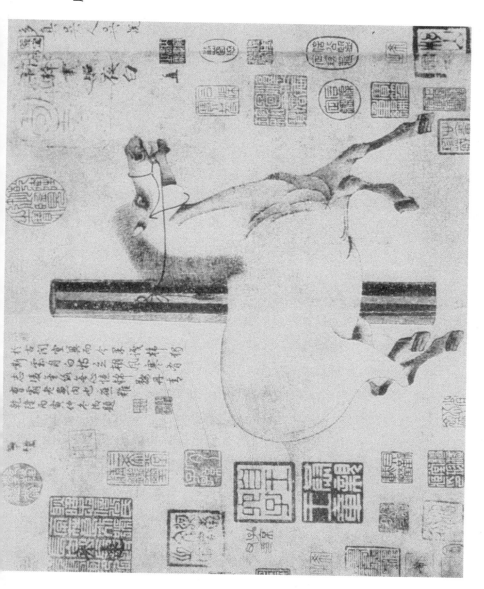

羅鞍。鞭箠刻烙傷天全，不如此圖近自然。」元人夏文彥撰《圖繪寶鑑》，也說韓幹畫馬，不唯畫肉，而是「得骨肉停勻法」。這都是替韓幹說好話的，近人中，又有人另具態度，既替韓幹說好話，又爲杜甫作辯護，將這首詩作了另一番闡釋。如《唐宋畫家人名辭典》、畫家叢書《韓幹、戴嵩》及《新注唐詩三百首》等，都把杜詩的「忍使」解作「豈忍使」或「怎肯使得」。意思是：韓幹畫肥馬，那是不忍使驊騮瘦骨伶仃而乏生氣。其實，這樣一來，非但不能解決問題，反而把問題複雜化，以至把杜詩曲解了。

歷史上盡善盡美的畫家是沒有的。杜甫爲了突出曹霸，特以韓幹的短處作襯托，這是可以理解的。所以張彥遠對杜甫的諷刺，顧雲對杜甫的譏笑，近人對韓幹的護短，實在都不必。杜詩中的所謂「肉」，是指畫馬的形象特徵；所謂「骨」，是指畫馬的內在氣質。「幹唯畫肉不畫骨」，意即韓幹只畫出了馬的外形而氣質表現不足，故在下一句，立即指出「忍使驊騮氣凋喪」。實則歷代評論韓幹作品，指出他畫人畫馬在精神上表現不足的，並非杜甫一人。如黃伯思在《東觀餘論》中便說「韓丞畫馬形勝神」。又如郭若虛在《圖畫見聞志》中，說郭子儀女婿趙縱曾請周昉與韓幹畫像，兩人畫得都很像，後來趙縱的妻子見了，卻評論韓幹所畫，「空得趙郎狀貌」，說明韓幹只畫出了對象的外形，沒有像周昉那樣畫出了對象的「情性笑言之姿」。這與杜詩評韓幹的「畫肉不畫骨」，含義是相同的。

對韓幹的評論，杜甫寫過《畫馬贊》，贊頌「韓幹畫馬，毫端有神」，評價極高。「贊」比此詩早寫十年，即是說，早在十年前，杜甫對韓幹的畫馬已經很是讚許，這是從總的方面說的。十年後，他對韓幹畫馬提出了批評，這並不

唐畫詩中看

矛盾，而是反映出他對韓幹繪畫的評論深入了一步。何況
這種評論，杜甫並不是從總的方面來否定韓幹的畫藝。

今觀韓幹的《照夜白》與《牧馬圖》，畫得生氣勃勃。
宋·董逌在《廣川畫跋》中說他作畫時，「必考時日、面、
方位，然後定形、骨、毛色」，可見他對創作是非常認眞嚴
肅的。總之，這首詩統篇論曹霸，指出韓畫之短，不過借
以陪襯曹畫的高妙而已。

曹霸，《唐書》無傳，不過在繪畫史上，他是第一流的
畫馬大家。杜甫的這首詩，早已成爲評論曹霸及其藝術的
重要根據。

五、評畫佛、道

《冬日洛城北謁玄元皇帝廟》

配極元都閟，憑虛禁禦長。

守祧嚴具禮，掌節鎭非常。

碧瓦初寒外，金莖一氣旁。

山河扶繡戶，日月近雕梁。

仙李蟠根大，猗蘭奕葉光。

世家遺舊史，道德付今王。

畫手看前輩，吳生遠擅場。

森羅移地軸，妙絕動宮牆。

五聖聯龍袞，千官列雁行。

冕旒俱秀發，旌旆盡飛揚。

翠柏深留景，紅梨迥得霜。

風箏吹玉柱，露井凍銀床。

　　　　身退卑周室，經傳拱漢皇。
　　　　穀神如不死，養拙更何鄉。⑳

　　這是一首諷喻詩，諷諫唐玄宗狂熱的崇道。

　　據《唐書》玄宗本紀及《資治通鑑》二一六卷唐紀三
十二載，天寶八年（公元七四九年）的六月，玄宗於洛陽
城北建立玄元皇帝廟，同時尊高祖為神堯大聖皇帝，太宗
為文武大聖皇帝，高宗為天皇大聖皇帝，中宗為孝和大聖
皇帝，睿宗為玄真大聖皇帝。這一年夏秋，宮廷畫家吳道
子奉命前去作畫，把高祖等五個新封的大聖皇帝都畫在壁

⑳　**元都閟**──即玄都闕，道教宮觀。

　　禁禦──禁止往來之地。或作禁籞。籞，《漢書·宣帝紀》有注
　　云：「折竹以繩縣連禁籞，使人不得往來。律名為築」。

　　仙李──神仙傳中說老子一出生便能說話，曾指李樹曰：「以
　　此為我李」。老子姓李，名耳，亦稱老聃。

　　猗蘭──漢武帝劉徹生於猗蘭殿。此詩以猗蘭對仙李，亦漢武
　　劉徹對玄宗李隆基。

　　吳生──指畫家吳道子，注者曾撰《吳道子》一書，一九八一
　　年由上海美術出版社出版。

　　冕旒──古天子、諸侯及卿大夫的禮冠。冕為冠。旒是以五彩
　　繰繩，貫五彩玉，垂掛於冕延之前。

　　谷神──見《老子》：「谷神不死，是謂玄牝。玄牝之門，是謂
　　天地根」。王弼注曰：「谷神。谷中央無谷也，無形無影，無逆
　　無違，處卑不動，守靜不衰，谷以之成而不見其形，此至物也」。
　　何上公又注：「谷養也，人能養神則不死」。

　　森羅──整肅的羅列著。

唐畫詩中看

畫上，故稱「五聖圖」。杜甫詩中說「五聖聯龍袞，千官列雁行」，這在玄元皇帝廟中是不倫不類的。但在唐朝，由於最高統治者的自作主張，類似這種情況層出不窮。如唐代的統治者是姓李的，爲了鞏固其統治，妄攀老子李聃爲始祖。道教乘時附會，從唐初以來，逐漸取得了一定的社會地位，至玄宗時盛極。當時除京師外，要各州縣都興建老子廟，而且限期完工，致使「民間遭殃」，「民工不力者受戮」。皇室又下令，把漢書中「古今人表」中的老子，從三等提升到一等，號老子妻爲先天太后，並塑孔子、玄宗像侍立於老子之側，令人發笑。至於唐代後期的幾個皇帝如憲宗、穆宗、武宗等，更是迷信道教，講求長生，甚至餌食金石丹藥，連老命都送掉。杜甫寫這首詩是三十八歲，這一年（天寶八年）冬天，他到洛陽，去城北參觀了新建的玄元皇帝廟，感觸甚多。他是一個書生，毫無官守言責，眼看這種弊政，蠹國害民，於是不顧安危，竟然逆玄宗之意，奮筆直書，寫下了這首「近體詩」，可謂是一種大膽諷時的表現。

廟中壁畫的作者吳道子，又名道玄，陽翟（今河南禹縣）人，是我國傑出的畫家。幼年貧窮孤苦，出身於民間畫工。年輕時曾在逍遙公韋嗣立幕下任小吏，後在山東瑕丘（今滋縣）任縣尉。不久又跑到了繁華的東都洛陽。杜甫所記的這舖道觀壁畫，是吳道子於天寶八年秋天所作。吳的作品「脫落凡俗」，有他自己的風貌。他在京、洛的許多寺觀裏，作了不少動人的壁畫。他的畫名，廣被京、洛人士所傳播。相傳他在興善寺中門畫內神時，「長安市肆老幼士庶，竟至觀者如堵」。由於他畫佛的圓光，「不用尺度」，「立筆揮掃，勢若風旋」，因而使「觀者喧呼」，「驚動

坊邑」(見《宣和畫譜》)。他的作品,當時賣價甚高,「屏風一片,值金二萬」(見《歷代名畫記》),所以杜甫在這首詩中說「畫手看前輩,吳生遠擅場」。對此,《歷代名畫記》亦予以引錄。

杜甫在詩中提到「冕旒俱秀發,旌旆盡飛揚」,這種描寫,除了對吳畫的讚賞外,還反映了吳畫的風格特點。因為吳道子的繪畫,向有「吳帶當風」之稱。段成式在《京洛寺塔記》中形容吳畫仙女「天衣飛揚,滿壁風動」。杜甫在這首詩中,用「妙絕動宮牆」來形容吳畫的生動,可見吳畫在這方面給人的感覺是非常強烈的。

吳畫玄元皇帝廟的作品,影響較大,流傳到宋代,洛陽人王瓘還經常去該廟觀察揣摩,說那時壁上已積染了灰塵污漬,他曾耐心地將它洗刷乾淨。由於他勤學吳道子的筆法,曾獲得「小吳生」的稱號。

吳道子作畫的這座廟,據明代朱忻《東洛伊闕勾沉》跋語中說,至宋末被毀,「吳生畫迹也因之烏有」。但是,南宋康與之(伯可)撰《記隱士畫壁》,則言這舖壁畫於「國初修老子廟」時被人「以車載壁,沉之洛河」。康的記載原文是:「畢少董(名良史,紹興間進士。少游京師,買賣古器字畫之屬,出入貴人之門,當時謂之畢償賣,又號畢骨董)言:國初修老子廟,廟有吳道子畫壁,老杜所謂:『冕旒俱秀發,旌旆盡飛揚』者也。官以其壁募人買,有隱士亦妙手也,以三百千得之。於是閉門不出者三年,乃以車載壁,沉之洛河。」據說此後這個隱士重畫廟壁,勝於畫工,所畫輦中帝王,神宇骨相非凡,這當然得益於吳道子的畫作。

《送許八拾遺歸江寧覲省》

(甫昔時嘗客遊此縣於許生處乞瓦棺
寺維摩圖樣誌諸篇末)

詔許辭中禁，慈顏赴北堂。

聖朝新孝理，祖席倍輝光。

內帛擎偏重，宮衣著更香。

淮陰清夜驛，京口渡江航。

春隔鷄人畫，秋期燕子涼。

賜書誇父老，壽酒樂城隍。

看畫曾飢渴，追踪恨淼茫。

虎頭金粟影，神妙獨難忘。㉑

這是杜甫給同事的送行詩。寫於公元七五八年（乾元
元年），當時他與許八同在李亨（肅宗）朝中任拾遺職。

詩的重點不在談畫，而只在最後兩韻提到了顧愷之的
《維摩圖》。

杜甫年輕時漫遊江南，在江寧停留過一些時日。那時，

㉑ **瓦棺寺**——寺在江寧（今南京），東晉顧愷之曾在此寺畫壁，轟
動一時。

維摩圖樣——指維摩詰經變的圖畫樣本，古代民間畫工，多有
這樣範本。

詔許——上告其下曰詔，此指皇上允許。

祖席——即祖先或祖宗，為先世的通稱。

鷄人——官名，禁宮祭祀時掌司呼唱禮之職。

虎頭——顧愷之，字長康，小名虎頭。

金粟影——指瓦棺寺壁上維摩詰的畫像。

宋　劉松年
　　醉僧圖

宋　無款
醉僧圖

杜甫尋訪六朝王、謝豪門士族的舊家遺迹，已如烟雲消失，唯獨瓦棺寺裏的顧愷之壁畫，依然可觀，所以說是「看畫曾飢渴」，以致向許生乞睹顧畫「維摩圖樣」。而今時隔二十多年，許八已去江寧，杜甫「追踪」起這件往事，不覺「恨」「淼茫」。然而「虎頭（顧愷之）金粟影（畫的維摩詰像）」的「神妙」，卻使他一生「難忘」。

顧愷之是東晉時的畫家，字長康，小字虎頭。他在瓦棺寺畫維摩詰像這件事，《京師寺塔記》中有這麼一段記載：「興寧中（公元三六四年），瓦棺寺初置，僧衆設會請朝賢鳴利注疏，其時士大夫莫有過十萬者，既至長康（愷之），直打利注百萬。長康素貧，衆以爲大言，後寺衆請勾疏。長康曰：宜備一壁。遂閉戶往來一月餘，所畫維摩詰一軀。工畢，將欲點眸子。乃謂寺僧曰：第一日觀者請施十萬，第二日可五萬，第三日可任例責施。及開戶，光照一寺，施者填咽，俄而得百萬錢。」這個故事，在唐人的著述中，多處提到。據張彥遠《歷代名畫記》中記述，顧畫維摩詰像，有「清羸示病之容，隱几忘言之狀」。今見敦煌隋唐壁畫中的維摩詰像，隱几執扇，大面長髯，似有顧畫造型的幾分特色。可見這種傳統畫法，流傳廣遠。詩中說的「難忘」，也說明了這一點。

顧愷之在江寧瓦棺寺畫的維摩詰，通常皆謂「至唐寺廢，顧畫不存」。看杜甫詩知杜甫時還能見到。宋代蘇子容題顧畫維摩像中有一段話：「杜紫薇牧之爲池州刺史，過金陵，嘆其將圮，摹工拓寫十餘本以遺好事者」（《蘇魏公集》）。杜牧之生於公元八〇三年，遲於杜甫數十年。杜牧猶能在瓦棺寺「摹工拓寫」，則杜甫到了那裏，自然更能辨認。不過在杜牧「拓寫」之後不久，據張彥遠《歷代名畫

記》載，這舖壁畫就被移「置甘露寺中，後爲盧尚書簡辭
所取」。到了大中七年（公元八五三年），即杜牧死後的第
二年，宣宗李忱訪此畫，盧簡辭不敢私藏，便把它送進宮
裏。可知杜甫至金陵時向許生要的「圖樣」，當是杜牧拓寫
前的摹本。這些臨摹之作，後來成爲各地勒石的珍本。

《大曆三年春白帝城放船出瞿塘峽久居 夔府將適江陵漂泊有詩凡四十韻》

老向巴人里，今辭楚塞隅。

入舟翻不樂，解纜獨長吁。

窄轉深啼狖，虛隨亂浴鳧。

石苔凌幾杖，空翠撲肌膚。

疊壁排霜劍，奔泉濺水珠。

杳冥藤上下，濃淡樹榮枯。

神女峰娟妙，昭君宅有無。

曲留明怨惜，夢盡失歡娛。

擺闔盤渦沸，敧斜激浪輸。

風雷纏地脈，冰雪曜天衢。

鹿角眞走險，狼頭如跋胡。

惡灘寧變色，高臥負微軀。

書史全傾撓，裝囊半壓濡。

生涯臨臬兀，死地脫斯須。

不有平川決，焉知衆壑趨。

乾坤霾漲海，雨露洗春蕪。

鷗鳥牽絲颺，驪龍濯錦紆。

落霞沉綠綺，殘月壞金樞。

泥笋苞初荻，沙茸出小蒲。

雁兒爭水馬，燕子逐檣烏。

絕島容烟霧，環洲納曉晡。

前聞辯陶牧，轉盼拂宜都。

縣郭南畿好，津亭北望孤。

勞心依憩息，朗詠劃昭蘇。

意遣樂還笑，衰迷賢與愚。

飄蕭將素髮，汩沒聽洪爐。

丘壑曾忘返，文章敢自誣。

此生遭聖代，誰分哭窮途。

臥疾淹為客，蒙恩早厠儒。

廷爭酬造化，樸直乞江湖。

灩澦險相迫，滄浪深可逾。

浮名尋已已，懶計卻區區。

喜近天皇寺，先披古畫圖。

應經帝子渚，同泣舜蒼梧。

朝士兼戎服，君王按湛盧。

旄頭初俶擾，鶉首麗泥塗。

甲卒身雖貴，書生道固殊。

出塵皆野鶴，歷塊匪轅駒。

伊呂終難降，韓彭不易呼。

五雲高太甲，六月曠搏扶。

回首黎元病，爭權將帥誅。

山林托疲苶，未必免崎嶇。㉒

杜甫寄居夔州(今四川奉節)時，雖然不愁衣食，但是

㉒　　前府——今四川奉節。

　　江陵——今湖北江陵。

　　虛隨亂浴鳧——亂，一本作落，即虛隨落浴鳧。

　　昭君——王嬙，又名王昭君。今湖北興山縣，在香溪之北，有
　　昭君村，相傳是昭君生長之地。村連巫山。

　　鹿角——江灘名。

　　狼頭——江灘名．其水峻激奔暴，說是「魚鼈所不能游，行者
　　常苦之」。

　　槷兀——不安之意，或作槷兀危。

　　金樞——古時以月沒落之處的西方爲金樞。

　　灧澦——即灩澦堆，在奉節東南長江中，瞿塘峽口，水勢湍急，
　　激成漩渦，爲舟行之患。今已炸除。

　　天皇寺——在江陵，寺內有南梁張僧繇的畫。詳本書正文。

　　鶉首——星宿之名。

　　帝子渚——屈原〈九歌〉中有「帝子降兮北渚」，相傳堯三女隨
　　舜不及，湮沒於湘子之渚，後稱湘夫人。

　　蒼梧——古帝舜的葬地。

　　湛盧——劍名。名劍向有湛盧、純鈞、勝邪、魚腸、巨闕之名。

　　俶擾——騷擾之意，言「擾亂天之綱紀」。

　　轅駒——亦作轅下駒。駒馬形小，以之駕車，則著於轅下，而
　　呈侷促之狀。

　　五雲——五色之雲，爲祥瑞之兆。

　　太甲——書名。殷商時，太甲立，縱欲敗腐，於是伊尹將他放
　　逐到桐的地方。三年後太甲回來，悔過反善，伊尹仍授之以政，
　　並作《太甲》三篇以記。

　　疲薾——言精神筋力困頓不堪。

不習慣於那裏的環境和氣候，身體時好時壞，加上朋友稀少，「知音難覓」，因此不想久居，同時，又接到弟弟杜觀來信，更增強了他的出峽念頭。這年正月中旬，他從白帝城放船，離開夔府，經過險要的三峽，來到了江陵。就在這次行程中，他寫下了四十韻排律，對自己的一生挫折幾乎都作了溫習。

當他出峽時，不勝感慨之至，「入舟翻不樂，解纜獨長吁」。他在舟中，對岸上的一山一石，一草一木，都有感觸。行將巫峽，他慨嘆道：「杳冥藤上下，濃淡樹榮枯。神女峰娟妙，昭君宅有無。曲留明怨惜，夢盡失歡娛」。他也知道，在當時的社會中，每個人都有其生活的矛盾，而且這些矛盾是難以解決的。當他過險灘時，形容「鹿角（灘名）真走險，狼頭（灘名）如跋胡」。可是他有個觀念，「惡灘寧變色，高臥負微軀」，這也是詩人處世的難能可貴處。然而在澎湃的思潮中，他又說出了「浮名尋已已，懶計卻區區」的話，對自己的一生看破了，感到即使隱居山林，不爭虛榮，也「未必免崎嶇」。果然，翌年的春夏之交，他便與世長辭了。

當然，這首長詩並非論畫詩。他在回顧一生時，仍渴望到江陵的天皇寺去看「古畫圖」。江陵的天皇寺，相傳有張僧繇的畫和王羲之的筆跡。詩人在詩的自注中寫道：「此詩有晉右軍書，張僧繇畫孔子泊顏子十哲形像」。杜甫為什麼有這樣興趣去看那些畫迹？這不僅僅由於那裏有名家的墨迹，還因為在這個時候，他認為「書生道固殊」、「儒生原非賤」，覺得儒家的「中庸」還是有幾分道理的。他看「古畫圖」的目的，在於參拜孔子及顏回等先哲。

江陵天皇寺的「古畫圖」，向有記載。《太平廣記》敍

述得較詳，說張僧繇在天皇寺柏堂裏畫了盧舍那佛像後，
又畫上孔子及顏回等十人像。當時梁武帝問張，佛寺之內
爲什麼要畫上孔子的像。張僧繇回答：「後當賴此耳」。到
了後周武帝滅佛時，「禁天下寺塔，獨以此殿有宣尼（孔子）
像，乃不令拆毀」。正應驗了張的「後當賴此」的說法。同
時也說明，佞佛的人也明白佛教壓不倒儒教。自稱儒生的
杜甫，對於孔子的敬仰是完全可以理解的。

　　天皇寺「古畫圖」的作者張僧繇，江蘇吳縣人。天監
時（西元五○二年——五一八年）爲武陵王國侍郎、直秘
閣知畫事。歷任右軍將軍，吳興（湖州）太守。作人物畫
外，能畫走獸及鷹鷂。爲我國六朝時的三大傑出畫家之一。
張的繪畫，是一種「疏體」，唐代吳道子就受他的影響。這
種「疏體」是：「筆才一二，像已應焉」。相傳他在建康（南
京）一乘寺畫「凹凸花」，「遠望眼暈如凹凸，就視即平」，
「衆咸異之」。（這是我國畫家善於吸取外來畫法的一個例
證。）一乘寺也因此被人們叫做「凹凸寺」。這位畫家還有
一個可貴處，即一生精勤不懈。姚最在《續畫品錄》中記
載他「俾晝作夜，未嘗倦怠。唯公及私，手不釋筆，數紀
之內，無須臾之閑」。正由於他的努力，才使所畫「朝衣野
服，今古不失，奇形異貌，殊方夷夏，實參其妙」，終成爲
畫史上的傑出畫家。

六、懷念畫友

《送鄭十八虔貶台州司戶傷其臨老陷賊之故闕
　爲面別情見於詩》
　　鄭公樗散鬢成絲，酒後常稱老畫師。

萬里傷心嚴譴日，百年垂死中興時。

蒼惶已就長途往，邂逅無端出餞遲。

便與先生應永訣，九重泉路盡交期。㉓

鄭虔是杜甫的知交。杜甫在《醉時歌》中提到了他在長安時與鄭虔的一段交誼，詩中說：「日糴太倉五升米，時赴鄭老同襟期」。「得錢即相覓，沽酒不復疑，忘形到爾汝，痛飲眞吾師。」當時(公元七五三年天寶十二年八月間)長安米貴，民怨沸騰，皇室被迫出太倉存米十萬石，「減價」出糴，杜甫每日可糴得五升米。就在這樣的日子裏，杜甫只要有點閑錢，便與善飲的鄭虔沽酒買醉，兩人交情深篤，自非一般。

鄭虔，字若齋，鄭州滎陽人。天寶初爲協律郎。他平日收集了當地的不少見聞，著書八十多篇，不幸被人告發，說他「私撰國史」，坐謫十年。後來回到京師，玄宗愛其才，授以廣文館博士㉔。諸儒服他善著書，故號鄭廣文。

鄭虔是一個書畫家，尤長山水畫，其風格是「山饒墨(趣)，樹枝老硬」。五代黃筌畫山水，有時摹仿其法。鄭虔曾把所畫的《滄州圖》獻給玄宗，玄宗非常賞識，給他的畫題「鄭虔三絕」四字，從此畫名大噪。鄭虔一生清貧，爲官時，貧約澹如，故有「才名四十年，坐客寒無氈」之

唐畫詩中看

㉓　樗散──言鄭十八之才不合世用。

　　常稱老畫師──常，帶有牢騷之意。唐時輕畫師，是故鄭虔「常稱」自己爲「老畫師」。

　　嚴譴──處罰過分。

　　邂逅──沒有相約而會面。故云「邂逅相遇」。

譽。他在酒後自稱「老畫師」，這個「老」字，包含著一定的牢騷成分。王嗣奭在《杜臆》中說，這是鄭虔的「自慨語」。在唐代，畫師雕工雖盡力爲統治者服務，仍不免受「達官貴人」的輕蔑。如畫家閻立本，據《唐書》記載，唐太宗李世民曾與侍臣學士泛舟於春苑，一池碧水，清波蕩漾，珍禽戲嬉，侍臣寫詩歌咏，命閻立本作畫。當時閻立本官至主爵郎中，仍被「與斯役等」同傳呼，「俯伏池側，手揮丹素」，因此，被認爲奇恥大辱，回家告誡他的兒子，「汝宜深戒，勿習此末伎」。其實，這種情況何止畫師，兩千年前，司馬遷就提到：「文史星曆，近乎卜祝之間，固主上所戲弄，倡優畜之，流俗之所輕也。」（《漢書·司馬遷傳》）杜甫在《能畫》詩中也透露了這一點。

天寶末，安祿山造反，兵臨長安，鄭虔與王維等來不及逃避，被刦至洛陽，安祿山授以水部郎中。鄭虔稱病，並未盡職，但到了至德二年（公元七五七年）十月，肅宗李亨懲辦受安祿山委任的官員時，鄭虔仍被定爲三等罪，貶台州司戶。台州即今浙江臨海。鄭虔病故，墓在臨海縣東三十里白石鼕的金鷄山中。臨海城內北固山南麓築有「廣文祠」，祠內原有塑像，今不存。北固山附近，還有一條巷

㉔關於鄭虔爲廣文館博士的時間，一般都據張彥遠《歷代名畫記》所載，作「開元二十五年」。但據《新唐書·鄭虔傳》所述，虔任廣文館博士在天寶初年，是被「坐謫十年」後的事。又考唐玄宗時設廣文館，《舊唐書》與《新唐書》的〈百官職官〉志中，都明白的記載：「廣文館……天寶九載置……至德後廢」。這與《唐書》中〈鄭虔傳〉所述時間相符。因此，疑《歷代名畫記》所載鄭虔「開元二十五年爲廣文館博士」的時間不確。

取名「若齋巷」，這都是當地人民用來紀念鄭虔的。

　　至德二年，當鄭虔被貶謫離開長安時，杜甫剛回家，及其返京，虔已就道，故詩題云「闕爲面別」。「蒼惶已就長途往，邂逅無端出餞遲」。這首詩便是在這樣的感慨心情中寫出的。這件事，杜甫引爲一生最大的遺憾。

　　杜甫與鄭虔的交誼很深，寫了不少詩歌懷念他，如《題鄭十八著作虔》、《故著作郎貶台州司戶滎陽鄭公虔》、《哭台州鄭司戶、蘇少監》、《有懷台州鄭十八司戶》、《新思》等。尤其在《題鄭十八著作虔》中，由於懷友心切，字字見情，「亂後故人雙別淚，春深逐客一浮萍，酒酣懶舞誰相拽，詩罷能吟不復聽」，「窮巷悄然車馬絕，案頭乾死讀書螢」。一存一歿，歿者長已矣，存者長嘆息。杜詩又曾說：「天台隔三江，風浪無晨暮。鄭公縱得歸，老病不識路」，竟悲到把生離死別的話都說絕了。杜老明知「存亡不重見」，便又道：「便與先生應永訣，九重泉路盡交期」。只好把「相見之歡」，寄托於「九重泉路」上。杜咏鄭的詩，皆寄以朋友深情，不在於評畫藝。這首律詩，當非論畫之例，因爲涉及畫人，故且錄之。

《存歿口號二首》

　　席謙不見近彈棋，畢燿仍傳舊小詩。
　　玉局他年無限笑，白楊今日幾人悲？

　　鄭公粉繪隨長夜，曹霸丹青已白頭。
　　天下何曾有山水，人間不解重驊騮。㉕

　　這兩首詩，是杜甫客居四川夔州時（公元七六六年）

作。詩中提到的人物，雖然有歿有存，但詩的基調是悲楚的。

　　寫此詩時，杜甫的故交大多死亡。王維、李白、房琯、嚴武以及他兒時即相來往的韋侍御、蕭尊師等，都不在人世了。

　　詩中提到的席謙，是個道士，蘇州人，善琴棋，杜在梓州時，曾與他在梓州刺史章彝那裏會見過，並作詩唱和。畢耀是京兆人，善小詩，他的《白楊》近體，曾被時人譜曲，一度在劍南街坊傳唱。此時也已死，所以嘆其「今日幾人悲」。

　　詩中的鄭公，指畫家鄭虔，此時已病卒，所以詩中說「鄭公粉繪隨長夜」。「天下何曾有山水」，是讚美鄭的畫藝，意謂時人無有可及。據有關畫史記載，盛唐初的山水畫，有所創造，有所發展，史家稱它爲「變」格時期。如說山水畫，至「大、小李一變也」。又說吳道子「始創山水之體」。當時還有王陀子，被稱爲「陀子頭，道子脚」。王維的山水畫，被認爲「畫中有詩」，都有名於畫史，爲畫苑千年傳頌。至於鄭虔山水，被玄宗嘆爲「三絕」之一，及至肅宗後的一段期間，似未聞有誰超過他，故詩人嘆爲「何

㉕　**席謙**──唐道士，蘇州人，善棋。

　　畢耀──唐，長安人，他的白楊近體，被時人譜曲，街坊傳唱一時。

　　鄭公──指鄭十八虔。

　　粉繪──粉彩之作，可泛指繪畫。

　　長夜──言人亡而埋於地下，爲長夜之黑暗。

　　丹青──指繪畫，因作需要上色，有丹有青，是爲相配。

曾有」。至於曹霸，當時雖然還活著，但「已白頭」，估計年達七十多歲。因爲曹被降爲「庶人」，遭人白眼，所以他的藝術，也不爲人們所重，「人間不解重驊騮」，詩人通過對曹霸的慨嘆而悲嘆自己。

這兩首詩所紀念的人，都游藝於一生，杜老吟來，對存者無限憐惜，對歿者不勝悲悼。聞一多先生對此有過評論，以爲「這是書生寓有禪家對生老病死感慨的流露」。

七、其他

《能畫》

能畫毛延壽，投壺郭舍人。
每蒙天一笑，復似物皆春。
政化平如水，皇恩斷若神。
時時用抵戲，亦未雜風塵。㉖

唐畫詩中看

這首詩作於公元七六七年（大曆二年），杜甫五十六歲。詩中雖然不直言繪畫，但與繪畫關係很大。詩中說「能畫」、「投壺」是挾小技，無非「投人主之好」。

㉖ **毛延壽**——漢宮室畫工。

郭舍人——不詳其名。漢武帝時，郭舍人善投壺之技，以竹爲矢，不用棘。相傳每爲武帝投壺，輒賜金帛。

政化——即政敎，言政治與敎化。

抵戲——即角抵，或作角觗，亦作角抵戲。古代校力之戲，漢代即有，唐代長安有角抵場，爲雜技樂的一種。

詩中提及的「能畫毛延壽」，是西漢時的宮廷畫家。葛洪《西京雜記》載其事，說「元帝（劉奭）後宮既多，不得常見，乃使畫工圖形，案圖召幸之。諸宮人皆賂畫工。多者十萬，少者亦不減五萬，獨王嬙（昭君）不肯，遂不得見。匈奴入朝，求美人於閼氏，於是上案圖以昭君行。及去，召見，貌爲後宮第一，善應對，舉止閑雅，帝悔之，而名籍已定，帝重信於外國，因不復更人。乃窮案其事，畫工皆棄市。籍其家，資皆巨萬。畫工有杜陵毛延壽，爲人形，醜好老少，必其眞……同日伏誅。」此事記載，雖然與史實不符，但在民間流傳已久，並見於元曲中，影響很大。以畫圖作爲「召幸」之用，不是封建統治者的主要意圖，他們的企圖，在於利用繪畫，達到「成敎化、助人倫」的目的，起到鞏固政權、維護社會秩序的作用，即有益於「政化平如水」。然而歷代的「能畫」者，尤其是民間畫工，都是「有用而不貴」，甚至被人輕蔑，爲人作畫，還遭受「沿門擉黑」之譏。如其所畫，不「蒙天一笑」，不受人主喜悅，便不知有多少挾小技者在冷落待遇中嘗到難以形容的辛酸滋味。早在漢代，司馬遷就說過，凡挾技者，「世人用其藝而輕其人」。元之胡長孺讀了杜甫《鬥雞》一詩後，也以爲「鬥雞初賜錦，舞馬旣登床者，皆得於掖下小錢，可以喜，不以貴也」。杜老這首詩中的所謂「能畫」，並非歌其「能」，而是評說這種「能」在當時社會上的作用與廉價的報酬。在當時，藝人的這種命運是被封建的社會制度所決定了的。

李杜論畫詩相關資料小輯

李白、杜甫論畫詩年表

公元	唐 朝 號	李 白			杜 甫		
		年齡	詩 篇 名	事 略	年齡	詩 篇 名	事 略
701	長安元年	1		生於碎葉			
712	先天元年	12			1		生於鞏縣
720	開元八年	20	觀佽飛斬蛟龍圖贊	在成都	9		
730	開元十八年	30	金銀泥畫西方淨土變相贊	春夏之交，經南陽赴長安，居終南山	19		
734	開元二十二年	34	瑩禪師房觀山海圖 觀元丹丘坐巫山屏風 金鄉薛少府廳畫鶴贊	經汝南，遊龍門，寓洛陽。與元丹丘遊嵩山。	23		
737	開元二十五年	37	觀博平王志安少府山水粉圖 壁畫蒼鷹贊	居東魯	26		
741	開元二十九年	41			30	畫鷹	歸洛陽，築陸渾山莊於偃師縣西北首陽山下。

743	天寶二年	43	求崔山人百丈崖瀑布圖	在長安，數侍玄宗遊宴。	32		
744	天寶三年	44	羽林范將軍畫贊	春在長安，孟夏與杜甫相遇於洛陽。十月，與杜甫、高適同飲於李邕宅。	33		夏、秋與李白於洛陽相遇。
745	天寶四年	45	同族弟金城尉叔卿燭照山水壁畫歌	春夏在任城，秋初至兗州，與杜甫相晤，秋末赴江東，取道邳州、揚州，再入越中，冬末北赴蘇州。	34		秋與李白在兗州晤面。
749	天寶八年	49			38	冬日洛城北謁玄元皇帝廟	冬，自長安至洛陽。吳道子為宮廷畫家，是年夏秋奉命作洛陽城北玄元皇帝廟壁畫。杜甫觀後作詩。
751	天寶十年	51	方城張少公廳畫獅猛贊	春返魯省家，秋至南陽，旋赴梁園。	40		
754	天寶十三年	54	江寧楊利物畫贊	遊廣陵，赴金陵，泛舟於秦淮，復遊黃山。	43	天育驃騎歌畫馬贊 奉先劉少府新畫山水障歌	在長安，與鄭虔交往，因乏食，挈家往奉先安置。
755	天寶十四年	55	當塗趙炎少府粉圖山水歌 宣城吳錄事畫贊	在宣城郡，旋赴潯陽。常往來於金陵宣城等地。	44		

756	天寶十五年（至德元年）	56	吉安崔少府翰畫贊	春往來於宣城、當塗、溧陽之間，三月遇張旭，秋在餘杭，旋經金陵秋浦至潯陽，隱居廬山，冬下山，入永王軍。	45	
757	至德二年	57			送鄭十八虔貶臺州司戶傷其臨老陷賊之故闕爲面別情見於詩	隱居長安，旋潛投鳳翔，爲左拾遺。
758	乾元元年	58			送許八拾遺歸江寧覲省題李尊師松樹障子歌畫鶻行	在左拾遺任內，與王維、嚴武、賈至、岑參同朝列，時相唱和。六月，因房琯事，貶華州司功。
759	乾元二年	59		與懷素相遇於零陵，詩美其書法		48	
760	上元元年	60			題壁上韋偃畫馬歌戲韋偃爲雙松圖歌韋諷錄事宅觀曹將軍畫馬圖戲題王宰畫山水圖歌	居成都，於浣花溪營建草堂。韋偃爲草堂壁上畫馬。
761	上元二年	61	誌公畫贊金陵名僧頵公粉	曾遊金陵，往來於宣城、溧陽二郡	50	

			圖慈親贊	間。			
762	寶應元年	62	當塗李宰君畫贊	十一月卒於當塗，死前以詩稿付李陽冰。	51	嚴公廳宴同咏蜀道畫圖 姜楚公畫角鷹歌 觀薛稷少保書畫壁 題元武禪師屋壁 通泉縣署屋壁後薛少保畫鶴	在成都。七月嚴武入朝，送其至綿州，轉赴梓州，遊射洪，弔陳子昂故居，遊通泉，訪元振遺跡。
764	廣德二年				53	丹青引 奉觀嚴鄭公廳事 岷山沱江畫圖十韻 觀李固清司馬弟山水圖三首	春携家至閬州，三月間嚴武再任東西川節度使，復舉家回成都。「授職檢校工部員外郎，賜緋魚袋」。
766	大曆元年				55	楊監又出畫鷹十二扇 夔州歌十絕句 存歿口號二首	春在雲安，夏初遷居夔州。
767	大曆二年				56	能畫	在夔州
768	大曆三年				57	大曆三年春白帝城放船出瞿塘峽久居夔府將適江陵漂泊有詩凡四十韻	正月中旬離夔州出峽，三月抵江陵，秋居公安，暮冬至岳陽。
770	大曆五年				59		初夏卒

李、杜論畫詩題名畫家簡介

漢代

毛廷壽

　　毛廷壽，杜陵（陝西長安縣東南）人。永光、建昭（公元前 55 年-36 年）宮廷尚方畫工。張彥遠≪歷代名畫記≫載：「毛廷壽畫人，老少美惡皆得其真。陳敞、劉白、龔寬並工牛馬，但人物不及廷壽。

晉代

顧愷之

顧愷之（約西元 344-405 年），東晉時無錫人。字長康，小名虎頭。

　　≪晉書≫有傳，卷九十二載：「顧愷之，字長康，晉陵無錫人也。父悅之，尚書左丞。愷之博學有才氣，嘗為≪箏賦≫成，謂人曰：『吾賦之比嵇康琴，不賞者必以後出相遣，深識者亦當以高奇見貴』，桓溫引為大司馬參軍，甚見親昵。溫薨後，愷之拜溫墓，賦詩云：『山崩溟海竭，魚鳥將何依？』或問之曰：『卿憑重桓公乃爾，哭狀其可見乎？』答曰：『聲如震雷破山，淚如傾河注海。』

　　愷之好諧謔，人多愛狎之。後為殷仲堪參軍，亦深被眷接。仲堪在荊州，愷之嘗因假還，仲堪特以布帆借之，至破冢，遭風大敗，愷之與仲堪箋曰：『地名破冢，真破冢而出，行人安穩，布帆無恙。』

　　還至荊州，人問以會稽山之狀，愷之云：『千岩競秀，

晋　顧愷之
女史箴圖（
部分・唐摹本）

萬壑爭流，草木蒙蘢，若雲興霞蔚』。

　　桓玄時與愷之同在仲堪坐，共作了語，愷之先曰：『火燒平原無遺燎。』玄曰：『白布纏棺樹旒旐。』仲堪曰：『投魚深泉放飛鳥。』復做危語，玄曰：『矛頭淅米劍頭炊。』仲堪曰：『百歲老翁攀枯枝。』有一參軍云：『盲人騎瞎馬，臨深池。』仲堪眇目，驚曰：『此太逼人。』因罷。

　　愷之每食甘蔗，恒自尾至本，人或怪之；云：『漸入佳境。』

　　尤善丹青，圖寫特妙，謝安深重之，以為有蒼生以來，未之有也。

　　愷之每畫人成，或數年不點目精，人問其故，答曰：『四體妍蚩，本無闕少，於妙處傳神寫照，正在阿堵中。』

　　愷之每重嵇康四言詩，因為之圖，恒云：『手揮五弦易，目送歸鴻難。』

　　每寫起人形，妙絕於時，嘗圖裴楷像，頰上加三毛，觀者覺神明殊勝。又為謝鯤像在石岩裏，云：『此子宜置丘壑中。』欲圖殷仲堪，仲堪有目病，固辭。愷之曰：『明府正為眼耳，若明點瞳子，飛白拂上，使如輕雲之蔽日，豈不美乎？』仲堪乃從之。

　　愷之嘗以一廚畫，糊題其前寄桓玄，皆其深所珍惜者。玄乃發其廚後，竊取畫而緘閉如舊以還之，紿雲未開。愷之見封題如初，但失其畫，直云：『妙畫通靈，變化而去，亦如人之登仙。』了無怪色。

　　愷之矜伐過實，少年因相稱譽以為戲弄。又為吟咏，自謂得先賢風制。或請其作洛生咏，答曰：『何至作老婢聲。』

義熙初，為散騎常侍，與謝瞻連省，夜於月下長咏，瞻每遙贊之，愷之彌自力忘倦。瞻將眠，令人代己，愷之不覺有異，遂申旦而止。

尤信小術，以為求之必得，桓玄嘗以一柳葉給之曰：『此蟬所翳葉也，取以自蔽，人不見己。』愷之喜，引葉自蔽。玄就溺焉，愷之信其不見己也，甚以珍之。

初，愷之在桓溫府，常云：『愷之體中，癡黠各半，合而論之，正得平耳。』故俗傳愷之有三絕：才絕、畫絕、癡絕。

年六十二，卒於官，所著文集及《啓蒙記》行於世。」

其他如唐・張彥遠《歷代名畫記》，無錫《金匱縣志》以及唐・許嵩《健康實錄》等，皆載顧愷之事迹。杜甫至金陵時，還見到顧愷之畫迹。

詳可參看俞劍華、羅尗子、溫肇桐編著的《顧愷之研究資料》及潘天壽撰寫的畫家叢書《顧愷之》。

唐畫詩中看

隋代

楊契丹

楊契丹，里籍、生卒不詳。唐・張彥遠《歷代名畫記》載其事。內云：「官至上儀同。僧悰（彥悰）云，六法備該，甚有骨氣，山東體制，允屬伊人。在閻立本下。李（嗣真）云，田、楊聲侔董、展。昔田（僧亮）、楊與鄭法士同於京師光明寺畫小塔，鄭圖東壁、北壁，田園西壁、南壁，楊畫外邊四面，是稱三絕。楊以簟蔽畫處，鄭竊觀之，謂楊曰：卿畫終不可學，何勞障蔽。楊特託以婚姻，有對門之好。又求楊畫本，楊引鄭至朝堂，指官闕、衣冠、車馬曰，此是吾畫本也，由是鄭深嘆服。又寶利寺一壁，佛涅

槃變、維摩等，亦爲妙作。與田同品。」

楊的作品，至唐代尚可見到的有：《隋朝正會圖》、《幸洛陽圖》、《貴戚游宴圖》及《豆盧寧像》等。

唐代

薛稷

薛稷（約西元 6511-713 年），字嗣通，河東汾陰人。《唐書》、《歷代名畫記》皆有傳。

《歷代名畫記》載：薛稷「道衡之曾孫。元超之從子。詞學名家。軒冕繼代。景龍末爲諫議大夫，昭文館學士。多才藻、工書畫。外祖魏文貞公（徵），富有書畫，多虞、褚手寫表疏，稷銳意模學，窮年忘倦。睿宗在藩，特見引遇，拜黃門中書侍郎，禮、工二部尚書。先天二年（公元 713 年），官至銀青光祿大夫，太子少保。封晉國公。竇懷貞累之，年六十九。尤善花鳥、人物、雜畫。畫鶴知名，屏風六扇鶴樣，自稷始也。」

姜皓

姜皓，秦州上邽人。《唐書》本傳載其事略：長安中爲尚衣奉御。玄宗在藩邸，皎識其有非常度，委心焉。及即位，自潤州長史召授殿中少監，出入臥內陪燕私，以功進殿中監，封楚國公，尋遷太常卿。開元五年（公元 717 年）詔放歸田里，久之復爲秘書監。《歷代名畫記》載其「善畫鷹鳥」。

李緒

李緒，霍王李元軌之子，亦即太宗李世民侄。封江都王。

《歷代名畫記》載：李緒「多才藝，善書畫，鞍馬擅

名。垂拱中，官至金州刺史」。

《唐朝名錄》載：「江都王善畫雀、蟬、驢子，應製明皇潞府《十九瑞應圖》，實造神極妙」。

吳道子

朱景玄《唐朝名畫錄》載：「吳道玄，字道子，東京陽翟（今河南禹縣）人也。少孤貧，天授之性，年未弱冠，窮丹青之妙。浪迹東洛，時明皇知其名，召入內供奉。開元中，駕幸東洛，吳生與裴旻將軍、張旭長史相遇，各陳其能。時將軍裴旻以金帛召致道子於東都天宮寺為其所親將施繪事，道子封還金帛，一無所受。謂旻曰：聞裴將軍舊矣，為舞劍一曲，足以當惠，觀其壯氣，可助揮毫。旻因墨縗，為道子舞劍。舞畢奮筆，俄頃而成，有若神助。」

「明皇天寶中，忽思蜀道嘉陵江水，遂假吳生驛駟，令德寫貌。及回日，帝問其狀，奏曰：臣無粉本，並記在心。得宣令於大同殿圖之。嘉陵江三百餘里山水，一日而畢。時有李思訓將軍，山水擅名，帝亦宣於大同殿，圖累月方畢。明皇云：李思訓數月之功，吳道子一日之迹，皆極其妙也。又畫內殿五龍，其鱗甲飛動，每天欲雨即生烟霧。」

「凡畫人物、佛像、神鬼、禽獸、山水、瑩殿、草木，皆冠絕於世，國朝第一。張懷瓘嘗謂：道子乃張僧繇之後。則斯言當矣。」「又按兩京耆舊傳云，寺觀之中，圖畫牆壁凡三百餘間，變相人物，奇踪異狀，無有同者。上都唐興寺御注金剛經院妙迹為多，兼自題經文。慈恩寺塔前，文殊普賢西面廡下降靈、盤龍等壁，及景公寺地獄壁、帝釋梵王龍神、永壽寺三門兩神及諸道觀寺院不可勝記，皆妙絕一時。景玄每觀吳生畫，不以裝褙為妙，但施筆絕踪，皆磊落逸勢。又數處圖壁，只以墨踪為之，近代莫能加其

（傳）唐　吳道子
地獄變相
（部分，選自
《吳道子墨寶》）

彩繪。凡圖圓光，皆不用尺度規畫，一筆而成。景玄元和初，應舉住龍興寺，猶有尹老者八十餘，嘗云吳生畫興善寺中門內神圓光時，長安市肆老幼士庶競至觀者如堵，其圓光，立筆揮掃，勢若風旋，人皆謂之神助。又嘗聞景雲寺老僧，傳云，吳生畫此寺地獄變相，時京都屠沽漁罟之輩見之而懼罪改業者往往有之。率皆修善所畫，並為後代之人規式也。」

張彥遠《歷代名畫記》載：「吳道玄，陽翟人，好酒使氣，每欲揮毫，必須酣飲。學書於張長史旭、賀監知章，學書不成，因工畫。曾事逍遙公韋嗣立為小吏，因寫蜀道山水，始創山水之體，自為一家。其書迹似薛少保（稷），亦甚便利。」

湯垕《畫鑒》載：「吳道玄筆法超妙，為百代畫聖。早年行筆差細，中年行筆似蒓菜條。人物有八面生意。其傅彩於焦墨痕中，明施微染，自然超出縑素，世謂之吳裝。」

詳可參看王伯敏撰寫的畫家叢書《吳道子》（重寫本，一九八一年，上海人民美術出版社出版）。

王維

王維（西元 701-761 年），字摩詰。原籍祁（今山西），父遷居蒲州（今山西永濟），遂為河東人。官至尚書右丞，世稱王右丞。《唐書》、《歷代名畫記》、《唐朝名畫錄》、《宣和畫譜》皆有傳。茲錄其中兩傳如下：

《歷代名畫記》載：王維「年十九，進士擢第。與弟縉，並以詞學知名。官至尚書右丞。有高致，信佛理。藍田南置別業。以水木琴書自娛。工畫山水，體涉今古。人家所蓄，多是右丞指揮工人佈色。原野簇成，遠樹過於樸拙，復務細巧，翻更失真。清源寺上畫輞川，筆力雄壯。

唐畫詩中看

常自製詩曰：當世謬詞客，前身應畫師，不能捨余習，偶
被時人知。誠哉是言也。余曾見破墨山水，筆迹勁爽。」

《唐朝名畫錄》載：王維「畫山水松石，踪似吳生，
而風致標格特出。」「畫輞川圖，山谷鬱盤，雲水飛動，意
出塵外，怪生筆端。」

蘇軾畫跋：「味摩詰詩，詩中有畫；觀摩詰之畫，畫
中有詩。」

鄭虔

鄭虔，字弱齋，鄭州滎陽人。

《新唐書》卷二百零二有傳，載：天寶中，廣文舘博
士虔，善圖山水，學自寫其詩並畫，以獻玄宗。署其尾曰
「鄭虔三絕」。

張彥遠《歷代名畫記》載：「鄭虔，高士也」。「與杜
甫、李白為詩酒友。祿山授以偽水部員外郎。國家收復，
貶台州司戶」。

朱景玄《唐朝名畫錄》載：「鄭虔，號廣文，能畫魚
水山石，時稱奇妙，人所降嘆！」

趙孟頫《題鄭虔畫》：「鄭虔獻畫於至尊，而復題詩於
上，可見忘其貴。三絕之名，由是而起，乃知前代高人，
未可以繩墨束羈也。此幅思致幽深，景物奇雅，閱之令人
幡然意遠」。（《松雪齋全集》續集）

祁岳

祁岳，開元、天寶時人。里籍不詳。岑參有《送祁岳
還山東詩》。又杜甫《奉先劉少府新畫山水障歌》中提到「豈
但祁岳與鄭虔」。此外，在畫史中很難查到他的事跡。

劉單

劉單事跡，詳本書杜甫《奉先劉少府新畫山水障歌》

一節的記述。

馮紹正

馮紹正，一作馮紹政，亦有書作「馮昭政」。《歷代名畫記》載其「開元中任少府監。八年（公元 720 年）為戶部侍郎。尤善鷹、鶻、雞、雉，屬其形態。嘴、眼、腳、爪，毛彩俱妙。曾於禁中畫五龍堂，亦稱其善。有降雲蓄雨之感」。

朱景玄《唐朝名畫錄》分唐代畫家為神、妙、能、逸四品。馮紹正被列入〝妙品下十人〞中的第一名。

其他著錄如《明皇雜錄》、《酉陽雜俎》皆提及馮的畫事。

李尊師

李尊師，東洛（開封）玄都觀道士。名、籍失傳。善畫松。僅見杜甫《題李尊師松樹障子歌》的記述。

唐畫詩中看

崔翬

崔翬，四川人，字若思。天寶中居長安，與鄭虔交往。善畫松、馬及山水。

崔翬事跡，不見一般著錄，只見黃賓虹《古畫微》增訂手稿中引明代鄒守益跋郭純《蒼松圖卷》的記錄。

王宰

王宰，四川人。善山水。張彥遠《歷代名畫記》只說他「多畫蜀山，玲瓏窈窕，巉嵯巧峭」。朱景玄《唐朝名畫錄》記其事較詳，內載：「王宰家於西蜀，貞元中，韋令公以客禮待之。畫山水樹石，出於象外。」「景玄曾於故席夔舍人廳，見一圖障，（畫）《臨江雙樹》，一松一柏，古藤縈繞，上盤於空，下着於水，千枝萬葉，交植曲屈，分布不雜，或枯或榮，或蔓或梗，或直或倚，葉叠千重，枝分

四面，達士所珍，凡目難辨。又於興善寺，見畫四時屏風，若移造化，風候雲物，八節四時，於一座之內，妙之至極也。故山水松石，並可躋於妙品上。」

曹霸

曹霸，譙郡（今河南）人。唐代畫馬名手。張彥遠《歷代名畫記》載：「曹霸，魏曹髦之後。髦畫稱於後代。霸在開元中，已得名。天寶末，每詔寫御馬及功臣，官至左武衛將軍」。

趙孟頫評論：「唐人善畫馬者甚衆，而韓（幹）、曹（霸）為之最」。（《松雪齋全集》）

曹霸作品，據《宣和畫譜》載，北宋政宣時，宮廷尚收藏十四件，即「《逸驥圖》二，《玉花驄圖》一，《下槽馬圖》二，《內廄調馬圖》二，《老驥圖》二，《九馬圖》三，《牧馬圖》一，《人馬圖》一，《羸馬圖》一」。到了清代，據《石渠寶笈》二編載，宮廷只收藏一件《羸馬圖》。

韓幹

韓幹，京兆藍田（今陝西西安）人。一作大梁（今河南開封）人。

張彥遠《歷代名畫記》載：「王右丞維見其畫，遂推獎之（相傳韓少時為酒肆雇工，經王維資助，學畫十餘年而藝成）。官至太府寺丞。善寫貌人物。尤工鞍馬，初師曹霸，後自獨擅。」「時岐、薛、寧、申王廄中，皆有善馬，幹並圖之，遂為古今獨步。」

朱景玄《唐朝名畫錄》載：「開元後，四海清平，外國名馬，重譯累至。然而沙磧之遙，蹄甲皆薄。明皇遂擇其良者與中國之駿同頒，盡寫之。自後內廄有飛黃、照夜、浮雲、五花之乘，奇毛異狀，筋骨既圓，蹄甲皆厚，駕馭

歷險，若乘輿輦之安也。馳驟旋轉，皆應韶護之節。是以陳閎貌之於前，韓幹繼之於後。寫淵窪之狀，若在水中，移駬騥之形出於圖上。古韓幹居神品宜矣！」

韓幹作品，據《宣和畫譜》著錄，當時宮廷藏其畫五十二件。以《明皇觀馬圖》、《寧王調馬圖》、《八駿圖》、《五陵游俠圖》、《呈馬圖》、《騎從圖》、《李白封官圖》、《按鷹圖》、《三花御馬圖》、《游騎圖》、《明皇射鹿圖》等。

畢宏

畢宏，河南偃師人。天寶時任職御史。大曆二年（公元 767 年）為給事中。《唐朝名畫錄》說他「官至庶子」。畫松石極佳，朱景玄評其「時稱絕妙」，張彥遠以為「樹木改步變古，自宏始也」。又據張彥遠云：「畫松石於左省廳壁，好事者皆詩（一本作「許」）之」。

《宣和畫譜》記其所畫，「落筆縱橫，皆變易前法，不為拘滯也。故得生意為多。盡畫家之流，嘗有諺語，謂畫松當如夜叉臂，鸛鵲喙，而深坳淺凸，又所以為石焉。一切變通，意在筆前，非繩墨所能制。宏大曆間，官至京兆小尹」。

韋偃

韋偃，《唐朝名畫錄》載：「京兆人，寓居於蜀。以善畫山水竹樹人物等，思高格逸，居閑嘗以越筆點簇鞍馬人物，山水雲烟，千變萬態。或騰或倚，或齕或飲，或驚或止，或走或起，或翹或跂，其小者或頭一點，或尾一抹，山以墨幹，水以手擦，曲盡其妙，宛然如真。」「畫高僧、松石、鞍馬、人物可居妙上品，山水人物等居能品」。《歷代名畫記》載：「鑒子偃（《宣和畫譜》作韋偃父鑾），工山水，高僧奇士，老松異石，筆力勁健，風格高舉。善小

馬、牛羊山原。俗人空知偃善馬,不知松石更佳也」。據《宣和畫譜》著錄,韋偃作品,在政宣時,宮廷收藏了二十七件,如《牧放人馬圖》、《三驥圖》、《牧放群驢圖》、《散馬圖》、《沙牛圖》、《松石圖》、《早行圖》、《讀碑圖》等。

卷一 唐朝繪畫詩中看

李、杜論畫詩專論文章書目

〈李白的「觀似飛斬蛟龍圖贊」〉，王伯敏，《萌芽詩畫刊》，
　一九五二年三月第二期。

〈漫談杜甫的題畫詩〉，陳友琴，《光明日報》，一九六一年
　七月二日（一九六二年《杜甫研究文集》第四輯收錄）。

〈杜甫的咏畫詩〉，章木，《大公報》「藝林」（香港），一九
　六二年七月廿二日。

〈杜甫與畫〉，陳聲聰，《新民晚報》，一九六三年三月四
　日。

〈從杜甫的題畫詩談藝術欣賞〉，于風，《廣州美術學院美
　術學報》，一九七九年創刊號。

〈讀李白和杜甫的兩首論畫詩〉，王伯敏，《南藝學報》，一
　九七九年第一期。

〈談杜甫咏畫題畫詩〉，韓成武《河北大學學報》，一九八
　〇年第四期。

〈杜甫題畫詩選注〉，季壽榮，《美術》，一九八〇年第九
　期。

〈杜甫的題畫詩〉，徐明壽，《光明日報》，一九八〇年五月
　一日。

〈杜甫論畫〉，肖文苑，《吉林大學社會科學學報》，一九八
　一年第一期。

〈杜甫論畫詩札記〉，王伯敏，《大公報》「藝林」（香港），
　一九八一年四月五日。

〈李白論畫詩中的藝術見解〉，王振德、趙沛霖，《美術研
　究》，一九八一年第二期。

〈從杜甫的題畫詩看唐代幾位畫家的創作風貌〉，季壽榮，
　《美術研究》，一九八一年第二期。

〈咫尺應須論萬里——介紹杜甫《戲題王宰畫山水圖
　歌》〉，何國治，《學習與研究》，一九八一年第五期。

〈瑰麗多采　形神兼備——談杜甫《奉先劉少府新畫山水
　障歌》〉，劉夜烽《唐詩鑒賞集》第二十一篇，一九八一
　年十一月出版。

〈杜甫的題畫詩〉，孔壽山，《朵雲》，一九八二年第二集。

〈盛唐的題畫詩〉，孔壽山，《朵雲》，一九八七年第十三
　集。

唐畫詩中看

卷二　詩中觀畫　畫中詩

中國山水畫「七觀法」芻言

中國的山水畫，有它獨特的表現體系。畫家可以「驅山走海」，把相隔千百里的山川景物巧妙地組織在一起。一位來自西歐的藝術家，當他在故宮看到北宋王希孟的《千里江山圖》時，不禁驚叫起來：「太美了！太美了！」事後還激動地說：「太幸福了！這幅畫一下子讓我跑遍了古中國的山村水鄉」。

在我國的古代繪畫中，像《千里江山圖》那樣的表現，比比皆是，如荊浩的《匡廬圖》，董源的《夏山圖》，趙幹的《江行雪霽圖》，許道寧的《雪溪漁父圖》，張擇端的《清明上河圖》，趙伯駒的《江山秋色圖》以及王蒙的《青卞隱居圖》，黃公望的《富春山居圖》等，都在「方寸之中，體百里之回」。這些作品的這種表現，曾經被稱之為「散點透視法」，闡述這種透視法的又被稱之為「散點透視論」。「散點透視論」的提出，固然闡釋了中國山水畫表現上的一些特點，但是還概括不了中國山水畫的表現方法。為了進一步探討這個問題，試擬「七觀法」作為芻議。

「七觀法」：一曰步步看，二曰面面觀，三曰專一看，四曰推遠看，五曰拉近看，六曰取移視，七曰合六遠。七者相互聯繫，為議論方便起見，按次分述如下：

一曰　步步看

每個民族，都有其自己的民族特點，它不僅體現在生活上，而且反映在精神面貌及文化藝術上。斯大林在《馬克思主義和民族問題》中曾經提到：「民族是人們在歷史

上形成的一個共同語言、共同地域、共同經濟生活以及表現於共同文化上的共同心理素質的穩定的共同體。」尤其是這種共同的「心理素質」，它可以成爲這個民族人民自己的社會風尚、審美觀點以至這個民族藝術的民族性。就我們民族人民來說，如觀察事物，要求看得多，看得全，看得細；尤其是山水畫家的表現，更爲明顯。宋·蘇軾的《題西林壁》「橫看成嶺側成峰，遠近高低各不同」及《江上看山》「前山槎牙忽變態，後嶺雜沓如驚奔」等詩，都體現了這種「心理素質」。明·休寧畫家程泰萬（名一，號海鶴）曾居九華山麓多年，他在一部自畫《水墨萬壑圖冊》中題了許多詩，其中一首云：「看山苦不足，步步總回頭。看水吟不足，將心隨溪流。且與樵翁語，意趣皆相投」。說明古代的士大夫畫家，儘管與樵者有階級的差別，有見識上和一般生活上的差別，由於有共同的民族習慣與「心理素質」，在某些「意趣」上，總還是免不了有「相投」的地方。

唐畫詩中看

　　在古代的畫論中，早就提到了「步步有景」。郭熙在《林泉高致》中有一段話：「山近看如此，遠數里看又如此，遠數十里看又如此，每遠每異，所謂山形步步移也」。不難理解，要使「山形步步移」，而且要畫出「步步有景」，當然少不了「步步看」、「步步總回頭」的觀察方法。元人論畫詩中有句云：「雲煙遮不住，雙目奪千山。」想要用「雙目奪」得「千山」，不多看、細看，不是「步步總回頭」，「千山」就不可能由「雙目奪」得來。中國山水畫的層巒疊嶂，千岩萬壑，或是山外有山，或是帆掛天邊，都是在「步步看」的前提下獲得的。郭熙在《林泉高致》中又提到：「山正面如此，側面又如此，背面又如此，每看每異」。這種情況普遍存在，如看雁岩山的展旗峰，正面看儼如大

旗招展，側面看則似捲旗狀，背面看即成寶塔形。所以說步步看，實則又是指畫家環繞對象的各個方面深入細緻地看。總之有了「步步有景」的創作要求，不有「步步看」的觀察方法，就難以滿足並達到這個要求。在中國山水畫的發展過程中，許多事例証明，「步步有景」與「步步看」常常是互為因果的。

「步步看」的觀察方法，不是靜止的，而是活動的，反映在中國山水畫中的那種丘壑奔騰、山迴路轉、煙雲出沒、林樹明滅等等便是。有的甚至突破空間在畫面上的侷限，使畫中有限的溪山產生「無盡」的藝術表現效果。

二曰　面面觀

「面面觀」與「步步看」是相關聯的。但是這裏的所謂「面面觀」，是指畫家如何藝術地把空間的許多體面在畫面上作統一的安排與連續。

繪畫山水的對象是自然界的無數個體。無數的個體以及個體之間都佔有一定的空間。所以畫山水，表現空間的變化是極其重要的。換言之，正由於空間有許多個體，作為形象來看，都有它的體面，因此，表現空間，就必須表現許多體面的許多不同方向與位置，以及大小不同的體積。「面面觀」的要求，就是把由許多體面所形成的空間結構作全面的觀察與理解，然後在畫面上作合理的安置。中國的山水畫家對於這些合理安置，主要手段有兩種：一是作多方面的位置經營；二是作空間跳躍式的位置經營。

關於多方面的位置經營，姑就李嵩《西湖圖》而言。《西湖圖》畫的是西湖全景，也就是我國傳統繪畫中的全景畫，其中描寫六橋、雷峰塔、白沙堤、孤山、葛嶺等處，

畫家顯然是從不同的角度，將所取不同的體面組合起來的。它取自多方的面，就其位置安排來看，既忠實於西湖的實景，但又不是像照相那樣地照搬過來。《西湖圖》的作者，當時沒有也不可能坐直升飛機去找西湖的不同角度來看，如果按照《西湖圖》作者固定在一個角度去看西湖，他面對蘇堤，固然可以看到六橋，怎麼能同時看到雷峰塔和白沙堤呢？即是說，《西湖圖》中的有些體面（即有些景物），如果不以「面面觀」來要求，它是「看不見」的。但從「面面觀」來要求，它就可以「看得見」，而且可以畫得出來。前面所謂的「多方面」，指的就是那些「看不見」，畫起來「看得見」的許多面。李嵩的《西湖圖》，除去六橋不計，相對而言，則雷峰塔、白沙堤、孤山、葛嶺等等，都是這幅畫中的「多方面」，把這些「多方面」組織到畫面上，這便是多方面的位置經營。這樣的藝術表現，它之所以站得住腳，就因為這些「看不見」的面，在客觀實際上是存在的。

再就是空間跳躍式的位置經營。中國的山水畫，不少是畫中景的。但是，也有不少作品是專門「取近取遠」，即是畫了近景，直接跳躍到遠景，略去中景而不著一筆，例如南宋馬、夏的許多作品就是這樣。夏珪的《溪山清遠圖》，畫面上之所以有那麼開闊明快，都是採用「空間跳躍式」的手法。如其中一段，近景是龐大的岩石，上有幾棵疏落的點葉樹，作者把中景略去，只以淡墨染出遠山。正因為這樣，畫面的空間就大起來，不使有一點的侷促感覺。有不少優秀的山水畫，它之所以獲得「尺幅而有泰山河岳之勢」，「片紙而有秋水長天之思」的效果，這與畫家採取「跳躍」於「空間」的辦法關係極大。這個辦法的最主要一點，

就在於幫助繪畫表現上更好地處理空間。中國畫講究空靈，講究實中有虛，從表現形式看，講究畫面的大空與小空，講究「計白當黑」。「空間跳躍式的位置經營」，正是用來積極地制約多方面的位置經營中所容易出現的畫面擁塞。所以從某一方面來說，「空間跳躍式的位置經營」與「多方面的位置經營」，前者是「多面」，後者是減少「面」，看來是相反的，但是經過畫家周密而又巧妙的處理，兩者是可以求得對立統一的。既做到「多方面」的豐富畫面，又可以減少「面」而使空間更開朗。因此，這兩者在藝術表現上又是相成的。相反相成，對立統一，這在中國畫的表現上是隨處所能碰到的。如虛與實、藏與露、疏與密、乾與濕等等，都必須在畫面上經過一定的處理，使其求得對立的統一。所以說，這種相反相成是正常的，也是中國畫家在千百年的藝術實踐中所經常碰到的問題。

三曰　專一看

　　專一看，就是對對象有重點地看。其實，步步看也好，面面觀也好，在觀看的進行中，不可能平均地看。所以專一看，是合乎觀察事物時的實際要求的。

　　作畫要取捨，看山看水也要有取捨。畫家看山看水的取捨，正是作畫取捨的前提。作畫取捨，取是目的，捨是手段，爲了達到更好的取，就必須善於捨。看山看水，除了全面的步步看之外，有重點地專一看，看最美好的，看最有代表性的，這就是完成美術創作所不可缺少的一個重要環節。

　　前人有云：「觸目橫斜千萬朵，賞心只有兩三枝」，對於這「兩三枝」，畫家覺得可以「賞心」，就需要專一地看。

看中了，就要抓住它不放。「千里之山不能盡秀」，正因爲這樣，畫起來，就要抓住主要的，對主要的加意地刻劃，就可以免去平鋪直敍的流弊。在生活中尋常所見到的，總是如「庭花密密疏疏蕊，溪柳長長短短枝」那樣的繁雜。畫家生活其間，就必須在「密密疏疏」、「長長短短」之中看出足以「賞心」的「兩三枝」，即具有典型性的東西。尤其畫山水長卷，畫面長數丈，如果所畫沒有主次，沒有起伏，這卷畫一定是失敗的。因此，畫家作畫之前，既要「步步看」，還要在步步之中有重點地看。「今古詩人吟不足，好山無數在江南」，對待江南無數的好山，畫家還必須懂得「千山多入畫，只取一青峰」的道理。就是說，千山可以入畫，還需要取其主要的。取其主要，就離不開「專一看」。換言之，「專一看」就是表現方法上的加強減弱，重點突出，也是作畫有主次的一個先決條件。

唐畫詩中看

四曰　推遠看

　　推遠看，這是處理透視的一種手段，也是畫中取勢所需要的方法。

　　推遠看，就是將近而大的局部形體推到遠處，作爲完整的形體來看待。沈括《夢溪筆談》論畫山水中提到：「大都山水之法，蓋以大觀小，如人觀假山耳」。杜甫登泰山，有詩道：「會當凌絕頂，一覽衆山小」。泰山宏偉，泰山周圍的衆山何嘗不高不宏偉，可是登臨絕頂，放眼展望，便覺其小。在這種「小」的感覺中，憑著每個看山者的生活經驗，都會獲得對高山氣勢磅礴的更大的感受。藝術創作上的這種「以大觀小」的推遠看，在中國山水畫的表現上是非常重要的一種方法。

「推遠看」，對於繪畫創作，至少可以解決兩個實際問題：

第一，推遠看可以解決透視上產生的某種矛盾。

中國山水畫講究經營位置，有時不受空間在畫面上的侷限，往往把近景當作中景或遠景來對待，對於近處建築物的透視關係，一般都避而不畫。例如在透視上產生某種視角較大的形象，凡是可以不畫的，都不入畫，所以中國山水畫中的樓閣，畫家總是把它推到中景或遠景來描繪。把原來成角透視變化較大的，盡一切努力使之減弱到變化最小的程度，例如元·王蒙的《秋山草堂圖》、吳鎮的《秋山圖》以及元無款《千岩萬壑圖》中的房屋與溪橋等都是這樣描繪的。尤其是那些大寫意的山水畫，無不「推遠」去畫，不僅元代畫家如此，明代文、沈、董、戴的作品也沒有不是如此。在畫面上，即使是在近處的屋舍，就是近到屋子裏的主人公鬚眉可見，而那座屋子的結構，照樣作為「推遠」的物象去畫，把它的成角透視削弱到最小最小的程度。否則，近處的建築物有著較強成角透視的變化，則在一軸全景的大山大水的畫圖中，屋後的遠山，就不可能畫得高聳入雲。中國山水畫之所以能畫出山外有山，高山重疊，就是由於撇開成角透視而採取了「以近推遠」以及輔助它推遠的那些辦法。不是這樣，在畫面上因透視而產生的種種矛盾就難以解決甚至無法解決。

第二，推遠看可以幫助畫面的置陳佈勢。王夫之不是畫家，但是他有一段論畫的話，說得非常有理。他說：「論畫者曰，咫尺有萬里之勢，一勢字宜顯眼。若不論勢，則縮萬里於咫尺，直是《廣輿論》前一天下圖耳」（《船山遺書》），說明畫山水要講求佈勢。如果不重視並表現這個勢，

則所畫萬里江山於有限的畫面上，只能像一幅精細的地理圖。詩賦中常有「飛岩如削」、「江懸海掛」、「雲裏千山舞」等形容，指的便是山川的大勢。「欲得其勢宜遠看」，這在古人論畫中早就看到。即所謂「遠取其勢，近取其質是也」。郭熙在《林泉高致》中說：「山水大物也，人之看者須遠而觀之，方見得一障山川之形勢氣象」。北宋范寬的《溪山行旅圖》，畫面是一座龐然大山，山間還有飛瀑懸掛，作者畫它，山坡、寒林，皆作近山來描寫，但在全局的處理上，作者又給它推到遠處，取遠山的那種氣勢而給以充分的表現。所以山水畫中取「以大觀小」，即「以近推遠」的辦法，用意即在於取勢而又爲了佈勢。

「推遠看」的兩個作用，前者重實，後者重虛，這種方法，自東晉顧愷之畫雲臺山以來，經過歷代山水畫家的不斷努力，到了宋代已是逐漸完善，應當引起山水畫家的特別重視。

五曰　拉近看

「拉近看」與「推遠看」，在山水畫創作上也是相反相成的。

「拉近看」就是將距離較遠較小，不很清楚的景物（形體）拉到近處，使其看來較大較清楚。所以「拉近看」，亦即通常所說的「以小觀大」。

自然界的景物，它的形態、位置是客觀存在，是固定的，人們只能認識它。有些遠景，肉眼看不清，用望遠鏡看便清楚，畫家的眼睛，有時就需要抵得上望遠鏡。因爲山水景物，作爲繪畫的素材，畫家可以進行取捨。可以運用各種不同的方法去觀察它，使之更好地在畫面上表現出

來。「拉近看」與「推遠看」，都是根據畫家的實際需要所採取的手段。需要「推遠」，你就推其遠，需要「拉近」，你就拉其近。只要掌握景物變化的一定規律，就可以自由自在地「推」「拉」。張擇端的《清明上河圖》，他所畫的人物，依照圖中景物的遠近來看，幾乎都屬「遠人無目」的距離，可是在這卷畫圖中，「遠人」不但有目，而且連髮、眉、鼻、嘴的表情都被畫了出來，畫虹橋下的一個五金鋪，鋪上擺著小剪刀、小鉗子都被畫了出來，甚至細緻到把推車者額上的汗珠都畫出來，還有樓屋的瓦片，樹木的枝葉，都把它交代得清清楚楚。又如趙伯駒的《江山秋色圖》，按畫中山川的距離，近則數里，遠則數十里。然而畫中山上的樓閣，即便是每方窗格的紋飾都被畫了出來。王希孟《千里江山圖》中的水磨，距離何其遠，可是水磨木輪的每條直木（輻）都被畫得一清二楚。正因為有那樣細緻的表現，就極大地豐富了這些畫圖的描繪。這樣表現的作品，如果不把「無目」的「遠人」拉近，怎麼畫它的眉目表情呢？在泰山，站在中天門，固然可以看得到南天門，這是多麼的遙遠，可是畫起南天門來，只要畫家認為有表現南天門建築物的需要，就可以把南天門拉近，把建築物和石級畫得清清楚楚。凡此等等，都不是照相所能解決的。一言以蔽之，這是在「步步看」、「面面觀」的基礎上，採取以小觀大的辦法才得到的。只要按照這套辦法，畫面上的「位置」就可以達到欲遠即遠，欲近即近，欲顯即露，欲隱即藏的效果。

六曰　取移視

移視，就是不以視線遠近發生變化的一種透視法。中

國的山水畫，爲了表現「步步有景」，在創作方法上，可以自由自在的「以近推遠」，或者「將遠拉近」，這樣做，固然可以防止成角透視在「拉近」、「推遠」中出現的許多矛盾。但是，有些矛盾，仍然是防止不了的。因此，在中國山水畫的表現上，有的索性避開成角透視法。古代繪畫中出現取移視的辦法，正是用來在建築物的表現上代替通常繪畫所用的成角透視法。這種表現，像展子虔的《游春圖》，唐・無款・的《宮苑圖》，宋・趙伯駒的《阿閣圖》，元・李容瑾《漢苑圖》以及袁江、袁耀《觀潮圖》的樓閣等等，運用的都是移視法。就是畫大幅的樓閣如《岳陽樓圖》、《黃鶴樓圖》等，也都是運用移視法。用這種方法畫的建築圖，即使其周圍環境的透視關係出現最複雜的變化，都適合於表現並取得諧調。所以說取移視是中國山水畫的一種特有的手段。

唐畫詩中看

運用移視法，固然有它的長處，但也不可否認，它有一定的侷限性。例如畫高大雄偉的建築群，如果在畫中不配以人物，不用樹木、雲煙之類來遮蓋，就很難顯示其高大雄偉的氣魄。所以近人畫長江大橋等建築物，不能不適當地採用「近大遠小」的焦點透視。總之，在山水畫的革新過程中，對於傳統的移視法，還是需要根據今天的實際作靈活機動的處理。

七曰　合六遠

透視法，古稱「遠近法」。目的使所畫「高低大小得宜」。北宋・郭熙在《林泉高致》中提到三遠，即「高遠」、「深遠」和「平遠」。稍後，韓拙在《山水純全集》中又提出另一個三遠，即「寬遠」、「幽遠」和「迷遠」，通稱爲「六

遠」。韓拙後來提出的「迷遠」，對於說明中國山水畫的某些透視特點非常恰切。宋·馬遠的《雪圖》，以及在元、明、清的山水畫中隨處可見。石濤的《黃山圖》，鄭珏的《溪山無盡圖》等，都用上了迷遠的方法。

　　中國的山水畫，在「步步看」、「面面觀」的要求下，可以畫萬水千山於一圖，既採用「以大觀小」的辦法，又採用「以小觀大」的辦法，其實已將「六遠」結合為一了。王希孟的《千里江山圖》是這樣，夏珪的《溪山清遠圖》是這樣，黃公望的《富春山居圖》也是這樣。在這些作品中，當平遠與高遠或深遠發生較難銜接的矛盾時，作者就採取一片水或是一片林樹，再或是一片烟雲來緩衝其矛盾。所以一軸高八尺的山水圖，直令讀者看去處處落位，高低遠近適宜。王東莊讚程嘉燧的《秋水清音圖卷》云：「……長三丈，村落在山前山後，林樹不知其數……有近岸，有遠岫，其銜接處，自然天成」。在古代的山水畫卷中，這種「銜接」得「自然天成」的極為普遍，有如王詵的《漁村小雪圖》、趙葵的《杜甫詩意圖卷》、吳偉的《長江萬里圖》、錢維城的《江閣遠帆圖》以及黃賓虹的《蜀山圖卷》等，可謂舉不勝舉，這些作品，都是一種善於把「六遠」有機地結合起來的表現。石濤在《畫語錄》「資任章」中說：「吾人之任山水也，任不在廣，則任其可制；任不在多，則任其可易」。山水畫的創作，就在於能「制」能「易」，「制」指繪畫的組織、概括；「易」指繪畫的取捨、變化。否則，客觀的自然山川如此廣大，倘使如實地摹繪，不要說畫長江萬里的風光，就是一個西湖的全景圖也畫不了；不要說「咫尺千里」的表現，便是「一樹丈紙」也畫不了。所謂「合六遠」，便是使畫家明確地在同一幅畫面上可以綜

卷二 詩中觀畫畫中詩

合不同的視點透視，通過「制」與「易」，使之更方便地畫出江山無盡，可以在平遠處忽見高遠，在高遠處而又能見到平遠、深遠、迷遠。高低、起伏、遠近、大小，使之巧妙地處理而成為統一體，達到有限的畫面表現出無限的景色來。李白在《當塗趙炎少府粉圖山水歌》中所記「峨眉高出西極天，羅浮直與南溟連。名工繹思揮彩筆，驅山走海置眼前」。正好說明這幅粉圖山水所表現的，既有高度，又有廣度、深度，還說明我國山水畫的「合六遠」辦法，古代早就採用了。

上述「七觀法」，總的意思是闡明中國山水畫在表現上如何進行它的「經營位置」。這裏，應該提出的，由於我國古代還缺乏嚴格的科學透視知識，中國畫在透視上的處理還是不夠完備的。正因為這樣，在山水畫的表現上，不能不受到一定的侷限。儘管如此，但是他們卻能根據自己的創作意圖別開蹊徑地發展了中國山水畫極其自由的表現方法，是十分可貴的。「七觀法」中第一法「步步看」是它的基本要求。要求突破空間對畫面的限制，能夠充分地發揮畫家的主觀能動作用，達到極大方便地表現自然對象。「面面觀」是解決位置的經營，也解決畫面空間的表現。其餘五觀，則是在「步步看」、「面面觀」的前提下所產生的相應的具體的處理方法，即如何解決透視矛盾，如何取勢、寫勢以及如何豐富形象表現等實際問題。這一整套的創作方法，在中國繪畫史上，是經過無數畫家的辛勤勞動，在千百年不斷的實踐中逐漸形成並發展起來的。魏晉南北朝時，這種表現已經出現，在顧愷之、宗炳、謝赫諸人的論述中都有約略的記敘，在敦煌莫高窟北魏、西魏的壁畫中，更有具體的體現，例如《薩埵那太子本生故事》、《鹿王本

唐畫詩中看

生故事》的描繪，在同一畫面上，畫中的同一個主人公出現好多次，這種企圖突破空間侷限的表現，很顯然，這便是「步步看」、「面面觀」方法形成的一種上階現象。到了兩宋，山水畫發達，這種種畫法，經過隋唐畫家多方面的努力，可以說是得到更大的進步。此後又經過元、明、清漫長歲月的發展，遂成為我國山水畫在表現上的獨特的傳統方法。今天我們回顧和探討這種方法，對於學習、繼承我國山水畫的優良傳統，提高山水畫的表現作用，將是有益的。在這篇文章裏，用「七觀法」來概括我國山水畫的表現特點是否恰切，是否可以說明這個體系，還有待進一步的研究，現在所談的，不過是個人的初步設想而已。

卷二詩中觀畫畫中詩

中國畫在布局與用色上的特點

　　藝術民族形式的形成，與一定的社會、文化基礎、物質條件、生產條件以及人們的愛好風尚和心理習慣等方面都有著極其密切的關係。這些方面是形成民族形式的根本因素，而民族形式，卻又給予這些方面以表現的特徵。進一步的說，藝術的內容是作者按照自己一定的世界觀、社會理想、美學觀點、本民族的生活習慣和風尚所反映出來的現實；而民族形式，既是藝術作品的內部組織，也是藝術作品的結構。因此，各個民族的藝術，都具有各個民族的特點。

　　我國人民，觀察一件事物，有著一種「細細看」、「面面觀」的習慣要求；也有著要求「看得透、窺其穿」的習慣。正由於這樣，中國畫家，經過了不斷的藝術實踐，就創造了突破固定視點在描寫上的侷限性，巧妙地運用了散點透視，打破了造型藝術在空間與時間上的侷限，產生了如《長江萬里圖》，《清明上河圖》一類的作品。也由於適應本民族人民的「看得透、窺其穿」的心理習慣，民族傳統的繪畫還出現這樣一種表現形式，那就是如果主題意旨有需要表達房子內的主人在做什麼的話，對於這座房子的描寫，就可以不畫牆壁或窗戶，如舞臺那樣，使人完全可以看清屋中主人的行動，明・無款《青州行旅圖》畫青州一帶方圓千里的山川和城郭，以及時序的變遷。把一年四季畫在一個卷上，並且處理的很自然。在這幅畫上，也畫出這一端是老友送客，那一端是妻子依門佇立，似乎在迎

接在外旅行的丈夫。畫中主人，攜帶書僮，騎著毛驢，正在春天的郊野行旅。凡此情景，觀者可在三百厘米長，高不到二十五厘米的橫幅上，一目了然。像這類的畫例，舉不勝舉，都是說明傳統繪畫的民族形式特點。就今所見的農民繪畫，當其描寫大場面時就很自然地運用了這種構圖的處理方法。如邳縣農民所作的《荒山變成了花果山》,《瓜棚上下》及浙江農民所作《觀海潮》等作品都是這樣。

運用散點透視，可以有無窮的變化，作者對對象所取的角度，不受任何條件的限制。在中國山水畫的表現上，有「高遠」、「深遠」、「平遠」之分。「高遠」畫高山大川，層巒疊嶂。作者對某些高山，往往採用仰視畫出了山之雄偉。但是，在一幅畫面上，豈止是這一座山，卻是山外有山，村外有村，如此一來，作者在同一畫面上，則又以俯視構其全局，但是，描寫數十里之外的房屋，又不是純用俯視而只畫屋脊，又仍然畫出屋舍的廳堂，工緻的山水畫，如有必要，還可以畫出屋中案頭放著的東西。巧妙的是，這樣的處理了畫面，卻能得到統一而又和諧。這樣的描寫，它不是從形式出發，卻是環繞著一個主題意旨：為了題材內容得到充分的表達。這樣的表現手法，是決定於民族繪畫特定的觀察態度與方法，而這一種觀察態度與觀察方法，又決定於前面所提到過的，就是一定的社會、物質條件、生活條件、風俗習慣以及人民的思想感情。

關於對明暗、色彩處理的特點，這裏首先想提出在中國繪畫表現上的用線。線是中國繪畫造型的基礎，是中國繪畫表現特點之一。如白描寫意畫，全靠幾條線來表現物象的形體、質感、動態和空間。幾條線的輕重、粗細、剛柔以及它的墨色濃淡，幾乎起決定性的作用。卓絕的作品，

唐畫詩中看

幾乎既不能減一條線，也不能增一筆。但是，中國畫的用線方法與西洋繪畫不同。中國畫用線方法，所以有它特點的原因，是由於中國繪畫對明暗、色彩在處理上另有一套辦法所引起的。譬如說中國山水畫，畫家的表現方法是通過山形水貌來表達山川的精神特質，當其畫山形時，中國畫家的注意點不是山形的明暗，更多注意的是山形的結構。因此，中國山水畫的表現方法就不同於西洋畫，就不是利用明暗來分面，而是用「筆峰巧變」的線條來進行對形體的組織，於是就產生各種描法皴法，也有各種點法，僅這一點，也就足以說明中國畫的用線方法是由於中國畫的觀察方法不同，在處理明暗不同的特點上所引起的。當然，不能否定對於山形外貌特徵也是注意的。

　　為什麼民族傳統的繪畫對於形象不畫反光，這在前面已經談到，就由於對對象在觀察方法上，他不是看一面，而是全面的看。中國畫家認為客觀形體受陽光照映的變化是表面的，他要從客觀體形的本質去表現，從其結構、動態、精神方面去表現。描寫一個物體，中國畫不是沒有明暗，明暗還是有的，而且有時也表現得很強烈。如用金線畫金波，這不是強調外光所起的作用嗎？不過，中國畫對待外光的表現，其所用手段是與西歐繪畫表現截然不同的。正因為如此，線在中國畫上所擔負的責任就更大，所謂「單線平塗」的描法，線就有擔負起區分面與表現質感的任務。因此，中國畫在用筆用墨方面十分重視，在實踐中並創造了點、染、皴、擦及沒骨技法來補充單線勾勒的不足。總之，中國畫上的用線之所以與西洋繪畫用線有所不同，之所以有它的特點，就由於中國畫不強調外光，而是習慣於從物體本身結構的規律來表現它的真實面貌。

對於色彩的運用，在一千多年前，謝赫即提出了「隨類賦彩」。自隋唐開始，即有所謂「金碧輝映」的山水畫，用大青大綠，或用金線、朱砂來描寫，至宋代趙伯駒、趙伯驌益加發展。故宮現存趙伯駒的《江山秋色圖》，王希孟的《千里江山圖》充分地表達了豔陽天氣下的秋山景色，翠岫碧水，青綠掩映，微波在陽光下的閃閃爍爍。這一種用色，就是中國畫在色彩運用上隨對象之「類」，給形象以概括性的賦彩。也正是運用了這樣的賦彩，揭示出對象實質，使人們引起對於自然界的一種深刻認識。中國詩文中對山川的描寫，其實也是「隨類賦彩」，如說：「青山綠水」、「白雲紅樹」、「朱欄碧瓦」、「黑山白水」、「金波銀瀾」等都是。與中國畫家的調色是一致的。

這裏，對於繪畫上的明暗與色彩問題，還想附帶地談一下。有不少外國藝術家到我們中國來看了中國畫後，提出了有關明暗方面的問題：藝術是客觀存在的反映，我們所見的對象，在客觀上即有明暗存在，中國傳統的繪畫爲什麼不畫它，這是不是太主觀。又一次，有一位外國朋友，看到一幅年畫《拖拉機手來了》。他就說：「這幅畫對人物的性格都表現得很深刻，可惜在色彩上，看不出這位拖拉機手到那個村莊時是清早呢？還是中午？這是一個非常遺憾的事情。」外國畫家對我們中國畫在這些方面提出了這樣的意見，那是完全可以理解的。我們不否認物體上的受光和它的影子，是不是我們的畫家無視這個客觀存在呢？不是的，這有它一定的理由，正如前所提到過的，這是有其本民族的特定因素所使然。應該認識到，藝術必須是透過畫家的主觀作用，眞實地反映客觀現實的本質，這裏所指的「主觀」作用，只要作者不是歪曲現實的本質，不是

唐畫詩中看

脫離內容的表現，那麼，這種主觀，在藝術創作上來說，就正是給予藝術家所應有的一種權利。中國民族民間繪畫描寫許多東西不畫背景，畫人就畫在一張白紙上，即不畫地也不畫天，難道說這是忽視客觀存在的天與地嗎？聯繫到外國畫家提出的那個意見，我認為，那幅《拖拉機手來了》作者所要表現的是農村出現的新氣象（這幅畫是在1955年秋天畫的），主要的是在刻畫農民學會了開拖拉機，又帶了拖拉機回村莊時的情景，同時也描寫農民們想念已久的拖拉機，終於出現在自己眼前的一種喜躍心情。至於時間呢？在上午還是下午，在這個主題中，顯然是無關宏旨的。所以，這能說「太主觀」嗎？這能說忽視客觀存在嗎？從藝術的需要來看，不表現「清早」或「中午」是完全可以的。作者運用了民族藝術的表現方法，不藉助於外加因素，而能認真地畫出對象本身結構規律，達到了主題內容的顯示與明確性，這是現實主義的創作方法，也是一個民族繪畫具有的特點，那就應該發揚光大。談到這裏，可能有人要問，如果描寫夜晚的情景，不強調明暗如何辦呢？是的，描寫夜晚，應該畫出夜晚的氣氛，是不是一定要強調明暗才能解決呢？試看五代顧閎中的《韓熙載夜宴圖》、明仇英的《春夜宴桃園圖》，主要就不是藉助明暗來畫成的。可是人們看這兩幅作品，就不因沒有強調明暗而感到對於夜晚描寫的遺憾。這類例子還很多，如畫風雨也如此，元代王蒙所作《湘江風雨》，就沒有直接畫風雨，也沒有畫天上的烏雲，背景依然是白色的紙地，可是所表現的那種風勢和雨聲，使人似乎可以聽到和看到。這樣的表現，不但不是不科學，反而是一種高明的手法。這樣的表現形式，我們傳統戲劇上的表演也如此，「三岔口」中有

187

卷二詩中觀畫畫中詩

一幕，便是描寫黑夜中的相鬥，舞臺上的燈光不如西洋演戲那樣打得黑漆漆的，它仍然明亮的照耀著，但通過表演者的動作與表情，就刻畫出他們是在黑夜中的行動。這種表現，作者雖然把黑夜的「黑」，略而不表現，但作者卻又加意地強調了黑夜人物應有的動作特點和精神狀態。進而言之，藝術家就藉助於作品中的這些人物的特殊動作與特殊的精神狀態，依然把黑夜的「黑」表達出來了。齊白石畫蝦不畫水，而水的感覺仍然在紙上出現，都是同一個道理。總之，中國畫如此處理了明暗、色彩等問題，就正是巧妙的顯示出這便為我國藝術民族形式的特色。

最後，讓我重複的說一句，對於中國畫的民族形式問題確有必要探討，目的在於更好地發展我國美術的民族形式，並豐富社會主義現實主義繪畫的表現方法。民族形式不是固定不變的，它是發展的，但有它本身的條件和規律。對於繪畫的發展，我們必須重視它的歷史條件和社會條件，但也必須注意它自身特點，然而卻絕不能忽視形式是由內容決定的。

唐畫詩中看

中國山水畫的「六遠」

中國山水畫對透視的處理，有它獨特的方法，致使它的表現形式，也具有獨特的藝術性。

透視法，古稱「遠近法」。早在戰國時，荀卿就有了「遠蔽其大」和「高蔽其長」的論說。此後，如南朝王微的《敍畫》與宗炳的《畫山水序》，對透視法都作了進一步闡述。「六遠」之說，產生於宋代，對山水畫的透視運用，提出了更具體的辦法。

「六遠」，即高遠、深遠、平遠、闊遠、幽遠和迷遠。前三遠爲郭熙在《林泉高致》中提出，後三遠爲韓拙在《山水純全集》中所補充。現就「六遠」，分別概述其要，並就迷遠作重點研討。

一、關於高遠

郭熙說：「山有三遠，自山下而仰山巔，謂之高遠」，清代費漢源在《山水畫式》中則說：高遠是「本山絕頂處，染出嶽者是也」。以上兩說，其共同之點，都以爲高遠是自下向上看，即是一種仰視，亦即「蟲視」透視。郭忠恕曾以這種透視畫過飛簷，向爲畫史所傳。其實如范寬的《溪山行旅圖》，宋‧佚名的《春山圖》等都屬高遠山水。

自下向上仰視，就山水畫而言，可以表達出山川的雄偉高大，如武夷的三仰峰，遊人仰觀，確有雄偉奇實之感。它如廬山的三疊泉，雁宕的大龍湫、顯聖門等處，都在仰視中令人感到大氣磅礡。自下仰視的高遠，應該遠而高，但在表現時，必須落在「高」的形式感上，達到「高山仰

止」的效果。所以運用高遠透視，除表現山川的雄偉外，舉凡表現大建築以至人像的雄偉，都是適當的。

有人說：「中國直幅山水，畫層巒疊嶂，山上有山，皆高遠之景，亦即郭河陽（熙）之所謂。」以此解釋高遠，只能就籠統的概念而言，若以透視而論，凡畫中有層巒疊嶂的，未必「皆高遠之景」，就在深遠的山水畫中也是常見的。高遠在繪畫表現上有兩種：一種，如郭熙所說，「自山下而仰山巔」；另一種，自山上高處而向下見其遠，這種高遠，有時所見之景與深遠較難嚴格區別。

二、關於深遠

郭熙說：「深遠」是「自山前而窺山後」，費漢源加以補充，認爲「於山後凹處染出峰巒重疊數層者是也」。費漢源還說：「三遠惟深遠爲難，要使人望之莫窮其際，不知其爲幾千萬重。」就按這種說法，若能自山前而窺山後，有時能見重山覆水，有時遇前面一座比視點更高的山，只能見其近山，對後面的許多遠山根本看不見，也就達不到「窺山後」的目的。所以運用深遠透視，只憑一般的透視法是解決不了問題的。但在中國山水畫家的表現要求上，可用移動視點，即把視點「逐步」往前移，甚至可以「翻過高山」再往前移，即是說，需要突破空間時，畫面上的透視運用，就必須突破空間的侷限。這種表現，與中國山水畫家的步步看、面面觀是一致的。古代名畫如荊浩的《匡廬圖》，巨然的《秋山問道圖》，黃公望的《九峰雪霽圖》及王蒙的《青卞隱居圖》等，都是這樣的一種深遠透視的表現，這種深遠透視，令人看來「深的進去，看的明白」，既是「境深貴能曲」，又是「境深尤貴明」。

唐畫詩中看

三、關於平遠

郭熙說：「自近山而望遠山謂之平遠」，他又說，「平遠之意沖融而縹縹緲緲」，這種表現，為古今山水畫中所常見，如郭熙的《窠石平遠》，傳為李嵩的《西湖圖》，陳汝言的《荊溪圖》及倪雲林的《溪山圖》等都是。又如石濤的《餘杭看山圖》，雖畫出了餘杭的高山，但就全局而論，也屬平遠山水。

四、關於闊遠、迷遠和幽遠

這是韓拙所提出來的後三遠。他在《山水純全集》「論山」一節中說：「愚又論三遠，有山根邊岸，水波互望而逢，謂之闊遠。有野霞暝漠，野水隔而彷彿不見者，謂之迷遠。景物至絕而微茫縹緲者，謂之幽遠」。他的這種三遠，唯有迷遠，有其獨到的見地，其餘闊遠和幽遠，只不過對郭熙提出的深遠和平遠作了某些補充而已。

至於迷遠，按照韓拙的說法，它在畫面上的感覺，「彷彿不見」，但又能見，而能見，又是「暝漠」「而彷彿不見」。在山水畫的創作上，這樣的表現是經常碰到的，而且有的作品，就是少不了迷遠。如畫「江流天地外」，可以從章法上去佈勢，而畫「山色有無中」，就非迷遠的表現不可。

迷遠表示一定空間深度的變化。這種「透視」不能用一般透視學的法則去校對，即為一般透視法所概括不了。它有滅點，簡單地找不出來；它有消失的面，也不可能仔細去辯認，例如《山水松石格》中說的「隱隱半壁，高僧入雲」，（傳）王維《山水訣》中說的「遠岫與雲容交接，逢天共水色交光」，又「遠景煙籠，深岩雲鎖」，「千山欲曉，

靄靄微微」，以及如古人詩中所說的「滄波水深清漠闊」，「行到水窮處，坐看雲起時」等，這種景色距人有多少遠近，不是用科學的辦法能測的出來，它在畫面上，只能憑人的感覺去領會。所以要畫它，也只能根據畫家的感覺去表現。要畫出這種感覺，中國山水畫的「迷遠」法是「得天獨厚」，可以縱橫自如，盡情地經營。蘇軾評李思訓、王維的畫，說他們「作浮雲杳靄與孤鴻落照，滅沒於江天之外，舉世宗之」，就是對他們表現迷遠巧妙的一種讚美。

迷遠的景色，一般不佔畫面的主要地位。但有時適得其反，如畫《一山半是雲》便是這樣。對於迷遠，表現起來，畢竟不會很具體，所以就表現的對象而言，它必定是被減弱的。然而在藝術上，它還是起舉足輕重的作用。正如明·王穉登所謂：「畫荒遠滅沒處，稍有遜色，則實景亦無至妙可言」，所以對迷遠的作用，不能只就其在畫面是否佔主要地位來看待。

畫面的迷遠處，往往是畫面的虛處，但又是實景處。所謂迷遠，或表示遠岸，或表示雲霧，或表示水天一色，所以對迷遠，切不可作為空無一物來看待。馬遠的《雪畫》，文嘉的《溪山樓觀圖》以至近人黃賓虹的《雲壑松聲》等，其所畫迷遠，雖然虛極，幾乎畫面一半是「空白」，但都是用來表示某種實景的。

迷遠能表示空間的深度，它的巧妙，在於使這種深度起較多的變化，山水畫家利用這個變化，表現出河山的「無盡」，或「幽深莫測」之景。宋代米點的成功，也在這些地方。迷遠的所謂「迷」字，在透視關係上，它能表現遠；在藝術處理上，它能處理「藏」，並有助畫面意境的含蓄。迷遠是山水畫的重要畫法，同時又是中國畫重要的藝術形

式。韓拙提出的這個遠近法，反映了山水畫發展到我國中古時代的十一世紀，「畫法逐漸趨向大備」。而且這一遠近法，也正是前述五遠所代替不了的。

中國山水畫的「六遠」透視法，適應我國山水畫形式的表現，至今的畫家們都還在運用。

在一幅山水畫中，「六遠」的透視法，不僅可以重點運用，而且可以合而用之，即所謂「六遠合一」，如王希孟的《千里江山圖》，張擇端的《清明上河圖》，黃公望的《富春山居圖》以及如石濤的《黃山圖卷》等等，都是「六遠合一」的作品。運用這種「六遠」的方法，是基於畫家獨特的觀察方法。中國山水畫家的觀察方法，最基本的，正如前面所提到的那樣「步步看」、「面面觀」。換言之，中國山水畫家對於山川有全面觀察的習慣和要求。又在全面觀察的要求下，中國山水畫還運用「以大觀小」與「以小觀大的觀察方法來達到「以有限表現無限」的藝術效果。「以大觀小」，就是「推遠」看，如看一座山，近觀只見眼前的削壁，如將山「推」遠，或由觀者退後遠看，不但可以見到這座山的大貌，還可以看到這座山的四周景色。所以「以大觀小」（即「推遠看」）可以有助畫家「看得多」，取捨餘地多。更為重要的是，還可以從這個「多」中，取得山形的大勢。亦即「遠取其勢」。又「以小觀大」（即「拉近看」），畫家看山、畫山時，當認為必要時，對遠山可以走近看，也可以把山「拉近看」，像架上一付望遠鏡，使遠山拉近來。中國的山水畫有的所畫雖然很寫意，但畫遠山上的亭臺樓閣，有時很細緻，既可以畫出樓閣的瓦片與小窗格子，甚至還可以畫出樓閣中人物的鬚眉。就《清明上河圖》而言，若以透視論，這些人物，都屬「遠人無目」的距離，但在

這幅畫中，畫家可以把人物的表情，以至帽上的飄帶畫出來。甚至在虹橋邊上小鋪子裏賣的剪子都被畫了出來。所以「以小觀大」可以有助畫面豐富的表現。總之，這種「推遠」、「拉近」，都關係到「六遠」透視在畫面上靈活機動的結合運用。換句話說，沒有這種觀察方法，不會出現這種「六遠合一」的運用，沒有「六遠合一」的運用，即使有「步步看」、「面面觀」以及「以大觀小」與「以小觀大」的觀察方法在繪畫表現上仍舊要落空。

隨著時代的發展，中國畫必然要發展、提高。在山水畫的革新創造中，對於「六遠」的運用，不少畫家在創作實踐中曾經碰到過一些問題，尤其對於平遠的處理，往往與高遠發生不協調的矛盾。有關這些實際問題，尚待我們努力去解決，使中國山水畫的透視法，在適應新的山水畫創作時，獲得相應的提高與發展。

唐畫詩中看

中國山水畫的「迷遠」法

——兼答美國風景畫家問

　　今年（1980 年）一月中旬，美國「中國旅遊中心」一團到杭州。團長金斯伯格，是一位年紀較輕的歷史藝術家。這團來賓十七人，有藝術家、藝術品收藏家、藝術評論家、圖案設計師，還有藝術品商人。其中有一位風景畫家，知道我喜歡畫山水，特地過來與我聊天。他問得很多，他對中國山水畫的透視，似乎很感興趣。他能說出郭熙的所謂「三遠」，而且熱情地把他的理解告訴我。後來我問他，是否知道韓拙提出的「三遠」，他說，只能說得上名稱，還未能理解，尤其對「迷遠」，他說：「對這個太不能理解了，遠就是遠，怎麼又是迷。透視上只有消失點，迷指的是什麼呢？」接著他用請求的語氣要我給他解釋。我談了一些，但是翻譯小韓同志說，這些美術上的專門名詞，翻譯起來太困難了，而且時間也不允許，於是就此告一段落。當他臨別時，還一再囑託，要求我寫出文章，以後讓他慢慢地去讀。外賓離開後，我與幾位畫山水的朋友談起這件事，他們對「迷遠」也並不十分熟識，因此，我覺得對這個問題，確有必要寫篇小文章，於是就試作一番闡釋。

　　透視法，古稱「遠近法」。早在戰國時，荀卿就有「遠蔽其大」和「高蔽其長」之說。南北朝時，宗炳的《畫山水序》，當論及畫崑崙山之大小時，對透視法的原理，有了進一步的解說。經過隋、唐畫家們的實踐，到了北宋，對此論述，顯然更加充分，在繪畫的實際運用上也更得法。

郭熙在《林泉高致》中提出了「高遠」、「深遠」和「平遠」的三遠，被譽為「畫師目及法備」。稍後有韓拙，在《山水純全集》中又提了新的「三遠」，補充了郭熙的「三遠」，成為「六遠」。韓拙的新「三遠」是：「闊遠」、「幽遠」和「迷遠」。其中尤其是「迷遠」之說，這在我國繪畫技法理論上是一種獨到的創見。

韓拙《山水純全集》中提到的「迷遠」，據他所說，則是「野霧瞑漠，野水隔而彷彿不見者」。意即畫面給人的感覺，「彷彿不見」，但又能見。而能見，又是「瞑漠」而「彷彿不見」。在山水畫的創作上，像這樣的「迷遠」是經常碰到的。如畫「江流天地外」，可以從章法布勢上去求得。而畫「山色有無中」，或者是「放眼直窮天內外」，就非「迷遠」的表現不可。

形容山水畫之妙，向有「咫尺千里」與「江山無盡」之說，意謂中國的山水畫，正是以有限的畫面來表現無限的景色，所以又有「山有千里遠」之論。直幅畫，我們可以寫華岳千尋，所畫山上有山，山上還有山，達到「千岩萬壑」，「重巒疊嶂」的情景；畫橫幅，可以畫江流萬里，山川無窮盡，使展卷讀畫者，無異走馬於真山水間，一水一山，一丘一壑，一林一舍，一舟一橋，均可盡入目中。畫出這樣布局的山水圖，固然有多種因素使然，而其中的一個因素，也就是由於有「迷遠」法的巧妙運用。進而言之，「迷遠」之妙，它在畫面上可以有數里遠的感覺，甚至隱約有數百里的遙遠。而且在藝術表現上有助於含蓄的效果。故欲使景物的無窮遠，運用「迷遠」法，完全可以獲得意想不到的效果。

「迷遠」表示一定空間深度的變化。這種「迷遠」的

唐畫詩中看

「遠近」，不能用一般透視學的法則去校對，即爲一般透視法所概括不了。例如《山水松石格》中說的「隱隱半壁，高潛入雲」，(傳) 王維〈山水訣〉中說的「遠岫與雲容交接，遙天共水色交光」，又「遠景煙籠，深岩雲鎖」，「千山欲曉，靄靄微微」，以及如唐人詩中所說的「滄波水深清溟闊」，「松浮欲不盡雲」以及如「雲翻一天墨」等，這種景色距人有多少遠近，都不是用某種儀器可以測得出來的，當它出現在畫面上，只能憑觀者的感覺去領會、去欣賞。所以畫家表現它，也只能根據自己的感覺去琢磨。要能畫出這種感覺，中國山水畫的「迷遠」法是得天獨厚，可以縱橫自如，盡情地經營，盡情地揮毫。蘇軾評李思訓、王維的畫，說是「作浮雲杳靄與孤鴻落照，滅沒於江天之外，舉世宗之」，就是對他們巧妙表現「迷遠」的一種讚美。

這裏，擬就「迷遠」在山水畫上的表現，舉兩方面略述之。一方面論其在繪畫表現上的幾種關係；另一方面則論其畫法的有關種種。

一、「迷遠」的幾種關係

「迷遠」在繪畫表現上與其他方面都有相互牽制的關係。表現時，絕不能自行其事，所以要闡述它的畫法，必先闡明其與各方面的關係。

(一)「迷遠」與其他「五遠」的關係

除「迷遠」外，其他「五遠」即高遠、深遠、平遠、闊遠和幽遠。唯獨「迷遠」，與這五遠都有關係，即是「高遠」中有「迷遠」，「深遠」中有「迷遠」，平遠、闊遠、幽遠中都有「迷遠」。在一幅畫面上，「迷遠」不會是獨立存在的，它必然與其他若干「遠」相比較而出現的一種「遠」。

(二)「迷遠」與視覺清楚和模糊的關係

「迷遠」，顧名思義，它是在遠視的前提下出現的一種變化。古代畫法中早就提到「近處清楚，遠處模糊」，所以凡畫遠景，一般是忽隱忽現，似有似無。如董源的《夏山圖》，米友仁的《瀟湘奇觀圖》等，都是既「迷」且遠。但在創作時，有時又會出現另一種情況，即在畫「迷遠」處，也可以把其中某些景物如樹木或房舍等畫的清楚些。一般的透視是，「遠山無皺，遠水無波，遠林無葉，遠人無目，遠閣無基。」而在某種情況下，有時也可以「遠林見葉」，甚至遠人見鬚眉。例如明‧陸治的《天地石壁圖》，清‧石濤的《黃硯旅渡海詩意》以及毛奇齡的《河西山水圖》等，無不在迷遠處出現畫得較為清楚的景物。這樣畫，不但在畫面上調和，而且不影響「迷遠」的效果。這是因為中國山水畫在表現上原有一種特殊的處理方法。「以小觀大」是將遠的、不清楚的景物「拉」近看，譬如說，《清明上河圖》中的人物，若論遠近，都在「遠人無目」的距離，但在畫中人物的眼鼻、鬚眉都被畫得清清楚楚，畫房屋，屋背一片片的瓦，也被畫得清清楚楚。又如《千里江山圖》，江邊的水磨，距離極遠，但被畫出來時，連齒輪都交代出來。這是在「步步看」、「面面觀」的基礎上把它「拉」近來，像使用望遠鏡那樣，把景拉到近處放大看。所以在「迷遠」之中出現較清楚的形象，道理就出在「以小觀大」的方法上。這樣畫的景物，使人感覺到既不是近景，而且依然是「迷遠」中的遠景。因此，對於迷遠的表現，有時不能一概從迷離模糊上著手。

(三)「迷遠」與畫面主次的關係

「迷遠」的景色，一般不佔畫面的主要地位，但有時

可以佔畫面的很大位置。如畫「春山半是雲」或是「野曠
天低樹，江清月近人」便是這樣，這種畫題，古人黃易、
胡公壽畫過，近人黃賓虹、賀天健等也畫過，畫中「迷遠」
的位置佔得都很大。對於「迷遠」，表現起來，畢竟不會很
具體，所以就所表現的對象而言，它必然是被減弱的。然
而它在畫面上的份量，有時倒起舉足輕重的作用。正如明
代王穉登於畫跋中說：「畫荒遠滅沒處，稍有遜色，則近
景亦無至妙可言」。所謂「荒遠滅沒」，即是「迷遠」景色。
所以「迷遠」在畫面上，有時即便是處在次要地位，而影
響一畫的得失，關係仍然極大，自然輕意不得。

(四)「迷遠」與虛實的關係

「迷遠」處，通常是畫面的虛處。但「迷遠」與「虛」
處不可劃等號。因為畫中的「迷遠」處，往往又是實景處。
所謂實景，就是指要表現什麼而言。如表現遠岸、雲霧，
或表現水天一色等。這些遠岸、雲霧以至水天一色，都是
實景，所以「迷遠」中的實景，不能作為空無長物來看待。
馬遠畫《雪圖》，文嘉畫《溪山樓觀圖》，陸日為畫《古木
曉煙》，以至近人黃賓虹畫《雲壑松聲》等，其所表現的「迷
遠」，雖然虛極，幾乎畫面一半是虛（空白），但都用來表
示某種被藏了的實景。

「迷遠」可以表現空間深度的各種變化，由水畫家利
用這個變化，還可以畫上另一座或好多座的山，並因此而
使「步步移」的山形，得以更妥貼地經營在各個位置上。
所以山水作品，凡要表現山川的「無盡」，或者是「幽深滅
沒莫測」之景，少不了運用此法。如宋米點的成功，也在
這些地方。中國山水畫的表現，有時可以略去中景而不畫，
由於有此特點，所以畫遠景的「迷遠」，就得在表現上顯出

卷二 詩中觀畫畫中詩

更豐富，這樣，它可以產生緩衝略去中景的作用。中國山水畫的表現，有時還有一種只畫中景與遠景，則所畫遠景中的「迷遠」，就要遠到「滅沒」的微妙效果，否則，畫面就會產生平淡，而意境則無幽深之感。

　　「迷遠」的「迷」字很有意思，在透視關係上，它能表示遠；在藝術的「藏露」處理上，它能起到「藏」的效用，並有助意境的含蓄，而對章法變化，它能產生虛實相生的作用。故對「迷遠」，就透視學而言，應該立為一法。

二、「迷遠」的幾種畫法

　　中國畫講究用筆、用墨、用水，故中國畫有筆法、墨法和水法。五代荊浩在《筆法記》中提到項容，「用墨獨得玄門，用筆全無其骨」，又提到吳道子「筆勝於象，骨氣自高，樹不言圖，亦恨無墨」，意即項「有墨無筆」，吳道子「有筆無墨」，都作為繪畫上的憾事。「迷遠」的表現，一般用淡墨，而且畫得潤濕，容易出現有墨無筆之弊，這是畫「迷遠」時所不能不注意到的問題。表現「迷遠」，據傳統經驗與實踐體會，主要有下面幾種辦法。當然，畫法可以千變萬化，隨機應變，更可以創造，這裏只是舉例而已。

㈠潑墨、潑彩和潑水

　　中國畫的「潑」，它的明顯特點是水分多，其所表現的不是點，不是線，而是一片片。這必定出現隱約、迷糊之趣。何況潑墨、潑彩以至潑水，紙上必留有墨痕或彩痕以至是水痕。畫家正是利用這個若有若無的墨、彩痕跡，使畫面產生「迷遠」的效果。沈石田論李成的山水畫云：「丹青隱墨墨隱水，其妙貴淡不貴濃。」因為李成喜畫寒林，

則在千山重疊，林樹交錯的畫面上，若不以淡墨輔之，勢必氣塞而遠不過去。所以李成能「貴淡不貴濃」，終於獲得了「丹青隱墨墨隱水」之妙。它在「墨隱水」之處，亦即「迷遠」生妙之處。當然，潑墨、潑彩不一定要畫「迷遠」，近景何嘗不可以用潑墨，但對「迷遠」，運用此法是較適宜的。

(二)漬墨與漬水

漬，這裏可作染痕解。在繪畫上，用墨、用彩皆有痕。尤其是運用宿墨，紙上漬痕明顯。就是用水也有痕，不過痕跡比較清淡而已。畫家就利用這種比潑墨、潑彩更顯得忽隱忽現的漬痕，表現出遠水、遠岸、遠山等等的「迷遠」景像。作畫時，墨暈、水暈，可以表現出一種韻味。繪畫上的所謂「韻味」，無非是墨色多餘而不嫌其多餘。當漬墨、漬水化開時，往往出現「多餘」的現象，由於畫家用得妙，可使其化開後能生出「韻味」。北宋范溫曾說：「有餘謂之韻」，「韻蓋生於有餘」，雖然說得不是畫，但其理與作畫相通。所以畫技到了熟練之至，確能臻乎神化。但必須注意的，墨暈、水暈，固然可以生出韻來，但沒有筆的「筋骨」感覺，畫面就會顯得柔弱而少精神。因此，用漬墨與漬水，由於它的染痕較墨暈明顯，所以用得妙時，兼有筆意，黃賓虹常說，「漬墨見剛柔」，道理即在此。

(三)乾擦

表現「迷遠」，通常以濕筆潤墨爲之，但也可以用乾筆皴擦。這種方法，大多運用渴筆來畫，使它較多的出現「飛白」。畫家就利用「飛白」的筆跡，表現其迷迷糊糊的效果。清初程邃畫山水，往往以乾筆皴擦，畫出隱約迷茫的景色，

並成爲新安畫派的繪畫特色。程邃所畫的《江亭秋晚圖》，上部是遠岸，全用乾筆，愈遠愈乾，以致乾到不見筆墨，則遠岸無窮的遠，也就在筆墨似有似無中表現出來。石谿有時也用乾擦，常在樹林間，擦上幾筆乾筆，或點上幾點焦墨，使樹林顯出茂密而有深度的感覺。用筆乾擦，還生毛辣的「味道」，這種「味道」，初不覺其味，久之其味無窮。因爲毛辣有筆的起訖，所以畫起「迷遠」來，不但使景能推遠，細看遠處，似乎又有隱約的景物可見。沈周、沈士充、祁豸佳、梅清，以至晚清的虛谷，都是善於這樣表現的。

㈣濃墨與焦墨

有的山水畫，近景與中景，用墨有濃有淡，有皴有染又加點，而畫到最遠處，反而用上濃墨甚至是焦枯之筆，可是它在畫中，不但不會「跑」到畫的前景來，而且仍然起著推遠的效果。可知濃墨、焦墨，只要運用適當，也可以用來表現「迷遠」。

畫中的遠近、濃淡，都是因比較而言。一幅山水畫，近景、中景都分層次，都用濃墨淡墨。而在遠景處，用上焦墨或濃墨，使之不分層次、濃淡，它倒反又會顯得模模糊糊。這種模模糊糊，當與整幅山水畫的前後層次比較，它的「迷遠」效果自然而然的產生了。當然，表現迷遠，主要靠淡墨淡彩，這裏之所以特別提出濃墨與焦墨，無非說明表現「迷遠」，並不排斥用濃墨與焦墨。同時也說明畫法可以多樣，不能死守陳式，應該處處靈活機動。

「迷遠」，固然是中國山水畫透視法中的一種，其實油畫、水彩風景，何嘗沒有「迷遠」的表現，只不過表現的方式方法不同而已。「迷遠」的「遠」，它之所以與一般透

視法中的所謂「滅點」（消失點）不同，就在於消失點，它在視覺上消失光，而「迷遠」，只覺其遠，卻又是不盡其遠，這也是中國山水畫「迷遠」的特點。就在山水畫革新創造中，「迷遠」這一特點，還是可以在創作上發揮其積極的作用。

卷二 詩中觀畫畫中詩

中國畫的「水法」

中國畫講究筆法、墨法，其實還有水法。

對筆法與墨法，歷來論述已不少。早在南北朝時，謝赫於「六法」論中就提到了「骨法用筆」。至五代，荊浩在《筆法記》的「六要」中，不但提出了「筆」，而且提出了「墨」，從此筆、墨並提，畫家也以此並重。近人余紹宋輯《畫法要錄》，內卷五「用筆用墨法」一編，竟摘錄唐至明清各家的論述計一百三十餘則，抉擇大要，相當可觀。只是對用水之法，歷代未有專論。即有之，也只是一筆帶過，如云「水暈墨章」或云畫煙雨，「要帶水使重墨」等，都沒有深究其所以然。

事實是，畫家運筆作畫，離不開水。換言之，繪畫自有了用筆用墨，同時就有了用水，只是沒有把它作為「法」提出來加以專論而已。這裏，擬就中國畫的用水，根據傳統的經驗與個人實踐的體會，簡要的試釋於下。

中國畫對於水之為用有兩種情況，一是把水作為工具，猶如顏料、紙張等；二是作為畫法，猶如筆法、墨法等。

中國畫家的案頭，必備一盂水。對這盂水，不能把它看作如茶杯裏的白開水那樣的清淨。畫案本身是個特定環境，在這個特定的環境裏所設置的水，在沒有作畫之前，可能清淨，但通常是帶有墨污的。所以我們在論畫法中所提到的水，都是指畫案中帶有些許墨污的水。畫家所備的水，由於各家習慣與畫法的不同，各有各的樣。如明代董

其昌，平日作畫，硯淨、筆淨，作畫之前，水盂中的水碧清，作畫之時，盂水稍有墨污，他就換去，儘量保持盂水的清淨。而如現代的黃賓虹，平日硯中宿墨累累然，盂中水色渾渾然，他不喜歡換水，除非盂中的水用完了他才去盛水，及到清水盛到，他立即把帶墨的筆去一洗，水色仍然渾渾然。這是何等的不一樣。但是，這兩位畫家畫出來的山水，各具特色，各有各的好處。可知畫家要用什麼水，不必強求一律，可以任其表現的需要，自由處理。

一、怎樣用水

中國畫用水，方法較多，這裏只就我的體會，初步概括爲六：一曰「水調墨」，二曰「水帶墨」，三曰「水破墨」，四曰「漬水」，五曰「潑水」，六曰「鋪水」。茲逐一闡述之。

(一)水調墨

作畫在沒有落筆之前，必須以水調墨。這裏說的調墨，不是指硯臺磨墨時需要水去調，而是指繪畫需要有濃淡，使墨色變化需要用水去調。王冕畫梅「十要」中提到「要水墨濃淡」。墨經過水的調和，就發生濃淡、乾溫、枯潤的變化。高樹程（邁庵）跋方環山《溪山煙雨圖卷》中云：「作畫無水，如舟擱灘，划不得一槳」。所以要使墨色有變化，非得調水不可。此爲古今任何畫家所少不了的一道關。故云常用之法。也是繪畫最基本的用水法。

(二)水帶墨

這也是常用之法。作畫前，或在作畫過程中，筆洗淨，使筆含適量的水分，然後蘸墨。如此使筆於紙上，墨因水筆的關係，極得變化自然之妙。黃公望在《寫山水訣》中提到「夏山欲雨，要帶水筆」，他的所謂「水筆」，就是以

水帶墨的筆。近人如齊白石畫蝦，有人說他用「飽墨」，恰切地說，用的是一種「水帶墨」。李可染畫牛，李苦禪畫蟹、畫白菜用的也是「水帶墨」。「水帶墨」的最明顯特點，就是落筆紙上，紙上現出濃淡來。

(三)水破墨

這是落墨於紙、絹上，然後以水筆去破之。運用這種方法，往往使紙上或絹上留有墨痕，同時又顯出水暈來。用這種方法畫在熟紙上，有人稱之為「撞水」。撞水宜用在熟紙或絹上，生紙易化，「撞」不出水的效果。

水破墨，與墨破水是相反的方法，在繪畫表現上，相反可以相成。墨破水，則是落水於紙上，然後破之以墨。水破墨與墨破水，兩種方法雖有相似，由於用水有先後的不同，表現出來的效果也不同。就畫山水而言，畫煙雨，以水破墨為宜，若畫雲煙，則以墨破水為宜，當然，運用者，還得隨機應變，若是膠柱鼓瑟，必致失敗。

用水之法，有水破墨，也還有水破色，或者色破水。作起畫來，加上色破墨、墨破色等等，就會使畫面千變萬化。

(四)漬水

用墨有「漬墨」。用色有「漬色」。用水有「漬水」。

通常，我們遇到過這樣一種現象，如宣紙遭到了水污，紙上便出現水漬痕。水漬有兩種，一種發黃暈，黃暈可以洗去，所以圖畫一上裱，黃暈即消失；另一種帶有灰色的水漬痕，乾後退不了，因此，這種水漬，畫家往往用來幫助表現。利用這種水漬，有時表現出非常微妙的效果。它的畫法是：持水淋淋的筆在紙上點或畫。當然，這種畫法，有時與「潑水」又有相近的地方。

漬水，有清水漬、墨水漬、礬水漬、粉水漬、醋水漬，此外還有豆漿水漬。除清水漬外，凡加其它成分的水漬，它的性質各不相同，繪畫的效果也不同。如礬水漬不吃墨，醋水漬碰到墨易化。又如清水漬化墨勻淨，醋水漬化墨毛茸茸。當然，還關係到紙質的不同，同樣的用墨、用水，用在夾宣與皮紙上就大不一樣。總之，運用者，還得經過自己的試驗，方能把握住用水的分寸。

漬水用處至大，如畫山水的迷遠處，有時用上漬水，立見奇效。又如畫雪竹，表現積雪處，如用適當的礬水漬，也能增強其效果。元人王淵畫墨花墨禽，必抹之以水，使所畫花葉增加肥嫩。在黃賓虹的山水畫中，使用漬水的地方極多，有些雲靄，他用漬水畫成；有些遠山，也用漬水畫成。用上漬水，似隱似現。畫「江流天地外」，關係到布局，畫「山色有無中」，就關係到漬水法的巧妙運用。

(五)潑水

唐代已有「潑墨」，宋、元、明、清的畫家皆繼承此法。近人又有「潑彩」之說。劉海粟畫黃山，有《潑彩黃山天海》之作。他用複雜的筆調，畫出闊大境界，使畫中的色度明度都很強。

「潑墨」、「潑彩」之外，其實還有「潑水」。

潑水，指潑的是不帶墨或彩色的水。譬如畫岩石、樹林，為了畫出它的霧氣、水氣，增強其潤濕感，不妨潑水。潑水時，要待畫上的墨色乾到百分之八九十，或者乾到百分之九十九（意即不要乾透），持水筆在這上邊，按需要表現的方向施之以水。這樣，水滲透墨色中，墨色隨之化開，霧氣立即得到表現。或者用提筆去潑水，使畫中的岩石、林樹，斑斑剝剝的化開，用來造成水墨淋漓的效果。古代

唐畫詩中看

畫家如宋之米芾、江參，元之高彥敬、王蒙，明之沈周、徐渭及清之朱耷、石濤、龔賢等，都是潑水高手。石濤畫江南山色，水、墨兼妙。近人如黃賓虹畫山水，有時得氤氳之氣，靠的就是潑水之功。傅抱石潑水更多，有時潑的水多到能在紙上橫流。在歷史上，凡善於潑墨的畫家，多半靠潑水之功。在畫法上，潑水還可以補潑墨的不足。當然，也少不了運筆之功。事實是，一幅畫之成，是由各方面的辦法去相輔相成的。在某種情況下，用筆、用墨、用色、用水，既有相互的關係、相互的牽制，又是有同等的重要與作用。

(六)鋪 水

「鋪水」是黃賓虹提出來的說法，也是他常用的一種技法。

「鋪水」就是在一幅將要完成的作品上，鋪上一層水，目的在於使一幅畫得到更加調和的效果。黃賓虹作畫的全部過程是：勾勒──上墨──補筆──點墨或點色──墨破色或色破墨──潑墨，鋪水──焦墨，宿墨理層次──鋪水──宿墨點提精神。黃賓虹鋪的水，並非清清的水，而是利用水盂中渾渾然的水。他的鋪水方法有時用大提筆蘸水抹上去，有時用水點在畫面上統統的點一遍。當然，凡在不能點墨、點水處，他是滴水不到，點墨不花的。黃賓虹鋪水的作用，其目的在於加強畫面的整體感。黃賓虹使用這個方法數十年，八十歲以後的繪畫，幾乎沒有不鋪水的。最近在浙江省博物館陳列的屏條《溪橋煙靄圖》，就是黃賓虹晚年鋪水的精妙作品。

固然，鋪水的名稱，起自黃賓虹，但「鋪水」之用，早在元、明人的作品中就可以見到。如元代無款《高崖雲

樹圖》畫上鋪水甚多。明人陳浮畫《月下泊舟圖》，水墨、紙本，整幅鋪水甚佳。他如沈周、文伯仁、石濤等的山水畫，都得鋪水之妙。

以上提出繪畫上的六種用水，雖然有些與用墨很難嚴格的區分，但也足以說明用水自有其法。儘管這裏提到的不免掛一漏萬，只要此法引起注意，可由表達者不斷補充，並將此法闡述的更周到。

二、水法的效用

水法在畫法上有獨特效用，否則不成其法。即是說，它在繪畫上所起的效用是墨法所代替不了的。它的效用是：一起「潤含春雨」的作用；二助畫面和諧統一的作用；三得虛中實，實中虛的效果。

(一)起「潤含春雨」的作用

中國畫用筆用墨，有所謂「渴筆」、「乾皴」、「焦墨」等，這種筆墨法，用水較少，表現出來具有「乾裂秋風」的意味，有些畫面，就非要有這種意味不可，但從一局完整的繪畫來說，如果只有「乾裂秋風」的意味，有時畫味索然，需要在畫面上同時出現「潤含春雨」的感覺，這好像用筆有剛又要有柔，用墨有濃又要有淡一樣，所以有乾要有濕，無非使畫面既統一，又有強烈的對比。否則畫面無變化，誰也不愛看。如石谿的山水畫，其用筆用墨，枯的枯，焦的焦，但石谿能巧妙的用水，並留漬水，因此使畫面又能濃淡適可，乾濕得宜，給觀之者以悅目。又如虛谷的畫，也是焦濕得宜。虛谷善用乾筆，其實也是善於用水。不善用水而用乾筆，必難奏效。虛谷畫《紅柿圖》柿葉用焦墨，葉筋用渴筆勾，極富枯辣味道，但是他畫兩柿，

全用「水破色」法，把水分用足，這樣一來，使人非但不覺得柿葉枯焦，更覺得柿子豐滿鮮嫩。黃賓虹晚年畫山，有的全用渴筆焦墨，墨色濃重，但是在這些焦墨痕中，黃賓虹往往點之以水，或者鋪之以水，使所畫渾厚華滋，意度俱足。例如他的《靈岩》、《峨眉道中》、《白岳千重嶂》諸法，當他上墨或點色後，倘若不鋪水，就不會有滋潤的效果。他畫《白岳千重嶂》，畫幅不大，竟用了滿滿一盂的水。齊白石題畫《墨荷圖》中說：「乾裂秋風畫之難，潤含春雨亦非易，白石用水五十年，未能得其妙」。可見用水要花功力，否則不能道地。

這裏，還要提出的，用水，不只是充分利用水的性能來促使繪畫表現的豐富，就是善於用枯筆著，在他達到「乾裂秋風」的感覺時，其間少不了用水的巧妙。不論怎樣的用筆用墨，那怕用最枯的筆，用最焦的墨，它都含有一定的水分，這裏面都包含著用水的微妙。古人云：「惜墨如金」，其實也要「惜水如金」。如果水分掌握得不恰當，怎麼能達到枯、焦以至「乾裂秋風」的味道。可知潤、濕巧妙關係到用水。枯、焦巧妙，也關係到適量的用水。

(二)助畫面和諧統一的作用

中國畫講究章法，也講究墨、彩的和諧統一，實則用水得法，也可以對畫面產生幫助和諧統一的作用。一九五三年的秋初，黃賓虹畫一幅四尺山水大堂。全用焦墨，勾出山形輪廓後，上墨亦極濃重。當時在場看他作畫的有潘天壽、吳茀之等。潘天壽一邊看，一邊摸摸鼻子，他對在旁的汪勗予說：「你看，這是老辣的味道，時下人都達不到。」潘天壽固然是這麼說，但在場的人又都確實感到賓虹老人畫中的這座山與那座山，山頂與山腳總是東一塊

墨，西一塊墨，而且濃的濃，枯的枯，似乎不夠合調。吳弗之見此情景，推推潘天壽輕輕地說：「味道是老辣的，但是，這，這幅畫不大好收拾呀！」也就在這個時候，賓虹老人手持吃飽水的提筆，在畫上點之又點，潤之又潤，又用宿墨在某些極潤濕處點點篤篤，而後再用水筆沒天沒地的點，就經過這樣的反覆處理，頓覺此畫血脈相通，盤礴睥睨，處處醒透，處處通靈，不合調的地方合調了，不相聯的地方相聯了。這時吳弗之不禁地驚異，並自言自語地說：「嗨！嗨！真是功夫到，一缸水給用完了，畫也給畫活了。」吳弗之還問我：「黃先生經常這樣畫嗎?」我說：「經常這樣。」黃賓虹的這種表演，說明用墨可以調和畫面，用水也可以調和畫面，可知用水之妙，還有其自己的特有效果。石濤在畫跋中曾說，作畫有「三勝」，「一變於水，二運於墨，三受於蒙」。石濤又說：「水不變不醒」。一言以蔽之，用水之妙，並非尋常，畫者在實踐之中，必須深悟其理。

作畫要「實中有虛，虛中有實」，太實則塞，太虛則空，所以要求作畫能夠虛虛實實，實實虛虛，而得「虛實相生」之妙。通常從畫面的形式而言，有畫處謂之實，無畫處（即空白處）謂之虛。但是，對這個形式關係不能劃等號，即是說，不能把有畫處都看作實，把空白處都看作虛。繪畫表現，虛實是相對的，例如畫山水，雲煙出沒處，有時可以不著一筆，雲煙自生，不著一筆是為虛，但能使雲煙自生又是實。「畫了魚兒不畫水」，水不畫，可是水的形象感覺還是要在畫面被體現出來的。再說，若是畫面以畫雲煙為主，則雲煙是這幅山水畫的主體，岩石、林樹自然應屬

212

唐畫詩中看

於賓位，畫的時候，畫家對岩石、林樹的逸筆草草，或是用筆若即若離，目的都是爲了更明顯的襯托出煙雲來，所以畫面上的岩石、林樹是個「虛」處，不畫處（雲煙）倒反成爲「實」。這叫做「實以虛出之」。就因爲虛實在作畫上有這樣的複雜關係，所以用水得法，更可以幫助對這種複雜關係產生積極作用。水不同於墨，水在畫面，似有似無，其本身就是實實虛虛，所以利用水法來處理虛實，有時可以獲得意想不到的獨特的藝術效果。

對畫面的實際處理上，水法還有其它好多作用。舉例來說，有的兩山需要連接，或者山與樹需要交接，然而又碰到不能用墨筆直接去連接，即碰到所謂「旣要結又宜散」的情況時，只能利用水漬（漬水）去相連，使其若連若不連；否則若以墨去相連，勢必結而不散，產生擁塞之弊，或者刻板之病。前談到黃賓虹以水筆在畫上點之又點，潤之又潤，其目的就是要使一幅畫達到和諧統一，有結又有散。用水去幫助畫面對虛實的處理，還可以得到表現實景的效果。如畫山水，有這樣一種情況，畫山崗之外，茫茫一片，這一片茫茫，不僅是形或，它還要表示自然界有霧氣或者是雲氣，甚至是遠景。用水巧妙，可以使人看到這片茫茫中似有樹木、流水，畫意無窮。碰到這種表現，如果用重筆濃墨去畫，就會使遠的推不過去，近的反受干擾，若是任它完全空白而不著一筆，看去一無長物，又會使遠的遠不過去，近的突不出來，所以像這樣一片茫茫處，只要巧妙的運用水法，收效就更大，它可以使畫面的距離拉開，空間感加強。山水間的那種幽遠、迷遠立即得到體現，繪畫也就頓然生色。

當然，水法之妙，還不只於此，希望運用者在繪畫實

山水詩中好畫題

小引

東坡評王維「詩中有畫，畫中有詩」，成爲千古名言。昔人又云，「詩是無形畫，畫是無聲詩」，同樣是名言。我們讀詩，碰到有些佳句，往往如一幅圖畫置於眼前，教人欣賞不已。尤其讀山水詩，碰到這種情況就更多。

記得十年前的一個深夜，當我讀陸游的「雨氣分千嶂，江聲撼萬家。雲翻一天墨，浪蹴半空花」時，如獲睹宋人畫稿，竟使我披衣起床，於燈下作畫達旦。自此之後，我對山水詩更注意了。於是每讀一首好詩，到了會心處，便在詩旁，不計長短，寫上幾句。寫的內容，大多與畫山水有關。就這樣，日積月累，寫出了百餘則。朋友們看了，以爲對作畫有啓發，因而輯爲一編，名之曰＜山水詩中好畫題＞，並作爲同好者參考。

王伯敏　一九六五年五月十日於景雲村

唐詩

江流天地外，山色有無中。

——王維＜漢江臨泛＞

唐末荊浩云：「水暈墨章，興吾唐代」。足見唐有水墨畫。此詩寫來，筆墨積微，極得氤氳之氣。王詩又有「白雲回望合，青靄入看無」句，皆非筆酣墨飽不可得。「江流」句，有如畫境，妙處不在「天地外」，竟在「有無中」見之。全詩是：

楚塞三湘接，荆門九派通。

江流天地外，山色有無中。

郡邑浮前浦，波瀾動遠空。

襄陽好風日，留醉與山翁。

大漠孤煙直，長河落日圓

——王維〈使至塞上〉

　　煙直、河橫、日圓，形象何其具體。塞上大漠空曠，旁無村莊、林丘，加之在日落之時，益見景色的荒漠與淒清。詩人寫來，筆墨無多，構圖奇妙，可謂神品。全詩是：

　　單車欲問邊，屬國過居延。

　　征蓬出漢塞，歸雁入胡天。

　　大漠孤煙直，長河落日圓。

　　蕭關逢侯騎，都護在燕然。

渡頭餘落日，墟里上孤煙。

——王維〈輞川閑居贈裴秀才迪〉

　　渡頭、墟里，此是地；落日，孤煙，此是景。景色一朱一烏，對比強烈，猶如「鴉背夕陽紅」。欲畫此景，必須著力於「餘」與「上」上。詩意在這上邊，畫意也在這上邊。全詩是：

　　寒山轉蒼翠，秋水日潺湲。

　　倚杖柴門外，臨風聽暮蟬。

　　渡頭餘落日，墟里上孤煙。

　　復值接輿醉，狂歌五柳前。

兩岸青山相對出，孤帆一片日邊來。

——李白＜望天門山＞

青山夾江相對，可以畫，切忌板。孤帆一片是點景，也是點題。帆從「日邊來」，帆必在高處。否則，把孤帆染點朱，使其帶著夕陽，又是一種情意。全詩是：

天門中斷楚江開，碧水東流至此回。

兩岸青山相對出，孤帆一片日邊來。

孤帆遠影碧空盡，唯見長江天際流。

——李白＜黃鶴樓送孟浩然之廣陵＞

畫中景色，集中在畫幅上邊。「長江天際流」，必定是水天一色，故云「碧空盡」。可以用「迷遠」法求得之。此幅倘使只畫「江流」、「碧空」，景太虛，添上「孤帆」便是虛中有實。「孤帆」是點景，也是全畫的關鍵處。正是詩人給畫家以巧安排。這片「孤帆」，與「孤帆遠樹中」、「海闊孤帆遲」所出現的「孤帆」，不是同一意境。若是「孤帆遠樹中」，只要把遠樹畫好了，孤帆的位置就自然而然的出來了。全詩是：

故人西辭黃鶴樓，煙花三月下揚州。

孤帆遠影碧空盡，唯見長江天際流。

半壁見海日，空中聞天雞。

——李白＜夢遊天姥吟留別＞

此是高山景色。既能目極「海日」，廣遠可見。「空中

聞天雞」是詩境。詩人欲助高山之高，非此句莫辦。有人作畫，若去畫桃都樹，便似笨賊偷石臼。

就畫之章法言，李詩「兩岸青山相對出」，兩邊有山；「半壁見海日」，只半邊有山；杜詩「會當凌絕頂，一覽眾山小」，兩邊無山，這正如山水畫的一種開合變化。

此詩又有句云：「雲青青兮欲雨，水澹澹兮生煙」，這樣的景色，發展一步，便會出現「山入雨中無」。非用潑墨、宿墨和積墨不足以表現。昔梅清、龔半千善畫此景，近人黃賓虹也有這個本領。全詩是：

海客談瀛州，煙濤微茫信難求；

越人語天姥，雲霞明滅或可睹。

天姥連天向天橫，勢拔五岳掩赤城。

……脚著謝公屐，身登青雲梯。

半壁見海日，空中聞天雞。

千岩萬轉路不定，迷花倚石忽已暝。

熊咆龍吟殷巖泉，慄深林兮驚層巔。

雲青青兮欲雨，水澹澹兮生煙。

列缺霹靂，丘巒崩摧。

洞天石扇，訇然中開。

青冥浩蕩不見底，日月照耀金銀台。

………。

萬丈紅泉落，迢迢半紫氛。

奔流下雜樹，灑落出重雲。

——張九齡〈湖口望廬山瀑布水〉

前兩句是設色畫，可以潑彩成之。紅泉乃飛瀑映落霞。如果真的畫成「紅泉」，便是膠柱鼓瑟。須知詩畫畢竟不一樣。「白髮三千丈」，作詩可以，作畫就不可。

後兩句可作小品，亦可作大幅。黃賓虹曾以此句作畫，雜樹皆用墨點，亦大觀。

野曠天低樹，江清月近人。

　　　　　　　——孟浩然〈宿建德江〉

首句為高遠透視，後一句只能以意明之。

首句「曠」、「低」易畫，後一句「清」、「近」落筆較難。倘使只畫首句而不畫後一句，必定有景而少情意。

宋・陳後山〈寓目〉詩，亦有句云：「野曠低歸鳥，江平進晚暈」。當從孟詩中脫出來。全詩是：

移舟泊煙渚，日暮客愁新。
野曠天低樹，江清月近人。

無邊落木蕭蕭下，不盡長江滾滾來。

　　　　　　　——杜甫〈登高〉

落木蕭蕭，長江滾滾，此易畫之景。而以「無邊」、「不盡」為意境，就非易畫。

杜老此詩平穩，似不如李太白「黃河之水天上來」。然則「天上來」，直瀉千里，其勢正壯，而「滾滾來」，可以得「無盡」之趣，教人耐味。畫家如有不信，可以運筆一試如何。全詩是：

風急天高猿嘯哀，渚清沙白鳥飛回。

無邊落木蕭蕭下，不盡長江滾滾來。

萬里悲秋常作客，百年多病獨登臺。

艱難苦恨繁霜鬢，潦倒新停濁酒杯。

窗含西嶺千秋雪，門泊東吳萬里船。

——杜甫〈絕句〉

兩句兩景，可以合而為一，宜作橫幅山水。畫中上部
「千秋雪」，可以虛，而江上之「萬里船」必須實。全詩是：

兩個黃鸝鳴翠柳，一行白鷺上青天。

窗含西嶺千秋雪，門泊東吳萬里船。

松浮欲盡不盡雲，江動將崩未崩石。

——杜甫〈閬山歌〉

此詩味濃，畫意足。畫家如果要著手，不在松，不在
雲；不在江，也不在石。要在一個「盡」字和一個「崩」
字。「盡」字要寫出韻味，「崩」字要寫出氣勢。全詩是：

閬州城東靈山白，閬州城北玉臺碧。

松浮欲盡不盡雲，江動將崩未崩石。

那知根無鬼神會？已覺氣與嵩華敵。

中原格鬥且未歸，應結茅齋著青壁。

江中綠霧起涼波，天上疊巘紅嵯峨。

——李賀〈江南弄〉

以此為畫題，近人傅抱石曾一畫再畫。畫的便是江中

唐畫詩中看

景色。傅在畫上題款，說是「臨詩人李賀江南弄」，意即李賀此詩圖畫也。我曾以此詩與吳谿先生談起。吳是花鳥畫家，善詩，回答道，「此詩宜用沒骨法去寫之則更妙」，不無道理。如能加潑彩，變化就更大。全詩是：

江中綠霧起涼波，天上疊巘紅嵯峨。
水風浦雲生老竹，渚暝蒲帆如一幅。
鱸魚千頭酒百斛，酒中倒臥南山綠。
吳歈越吟未終曲，江上團團貼寒玉。

千山鳥飛絕，萬徑人蹤滅。
孤舟簑笠翁，獨釣寒江雪。

——柳宗元〈江雪〉

四句四景，情則於景中渾成。

詩寫的是雪景，卻只在末句的最後一字來點題，此詩的奇絕處。故前兩句，不用雪字而雪意自生。人若以此作畫，就不應該只著眼於「獨釣寒江」的「雪」字上。

橫笛聞聲不見人，紅旗直上天山雪。

——陳羽〈從軍行〉

笛，橫吹；旗，直上。雖「不見人」，卻見「天山雪」，詩中之畫盎然。全詩是：

海畔風吹凍泥裂，梧桐葉落枝梢折。
橫笛聞聲不見人，紅旗直上天山雪。

中庭地白樹棲鴉，冷露無聲濕桂花。

——王建＜十五夜望月寄杜郎中＞

庭中桂花，明月在天；夜靜無風，棲鴉安眠。如此景色，硬是一幅圖畫。其中「地白」難畫，冷露濕桂更難畫。所以說，詩與畫固然可以相通，而詩中的畫，畢竟不同於畫中的畫。王建還有《雨過山村》詩，其中有句云，「雨裏鳴雞一兩家」，儼如一幅淡毫輕抹的水墨畫。但在這樣景色中的「鳴雞」，只能見於詩，不能見於畫。全詩是：

中庭地白樹棲鴉，冷露無聲濕桂花。

今夜月明人盡望，不知秋思落誰家。

崔嵬在雲中

——靈徹＜華頂＞

此是「雲中山頂」，唐末五代時荊浩善畫這種景致。米芾在《畫史》中說荊浩畫「雲中山頂，四面峻厚」。這種畫，景不在山，而在雲。然則難畫處，不在雲，而在山。全詩是：

天台眾峰外，華頂當其空。

有時半不見，崔嵬在雲中。

溪長石磊磊，澗闊草濛濛。

——寒山子＜天台寒岩＞

此是小品，唯溪石、澗草入畫，要尋畫趣，都是「磊

磊」與「濛濛」中。全詩是：

> 登陟寒山道，寒山路不窮。
>
> 溪長石磊磊，澗闊草濛濛。
>
> 苔滑非關雨，松鳴不假風。
>
> 誰能超世慮，共坐白雲中。

芳樹無人花自落，春山一路鳥空啼。

——李華〈春行寄興〉

此寫無人之境，實則人已在芳樹之中。畫家畫來，可以不畫人，也可以不畫鳥，但是畫出「花自落」，「鳥空啼」。「花自落」，景寂寂，「鳥空啼」，情切切，如果畫不出這樣的情景，這幅《春山圖》就落套了。全詩是：

> 宜陽城下草萋萋，澗水東流復向西。
>
> 芳樹無人花自落，春山一路鳥空啼。

過江千尺浪，入竹萬竿斜。

——李嶠〈風〉

此是寫勢。如畫來平平平平，便是敗局。試想江上有「千尺浪」，竹塢是「萬竿斜」，風何其大。是故畫來，必須要在氣勢上取勝。曾見《唐詩畫譜》，內有蔡沖寰仿朱克正筆意一幅，即寫此景，可謂只畫出半分。這半分，他只是說明有江、有竹。所畫江上的布帆正穩，不要說「千尺浪」，就是小浪花也未見，竹林是稀稀疏疏的，雖有點傾斜，但如生來那樣的橫斜，故又無風之感。即有之，只有一二級的風，欲使「萬竿斜」，至少七級以上的風，所以沖寰之

畫失之矣！全詩是：

> 解落三秋葉，能開二月花。
>
> 過江千尺浪，入竹萬竿斜。

> 門外水流何處？天邊樹繞誰家？
>
> 山色東西多少？朝朝幾度雲遮？
>
> ——皇甫冉〈問李二司直所居雲山〉

四句，四問。其實是四景。四問，問誰？詩人已經回答，該由畫家回答。

畫是具象的，畫家只要動筆，回答就明確了。何必再去問李二司直。

曲江水滿花千樹
——韓愈《同水部張員外籍曲江春遊寄白二十二舍人》

這是詩人與張籍同遊了曲江，感到景色美麗，因此問白居易，為了何事忙碌而不來同遊。曲江究竟有著怎麼樣的美麗，詩人以水滿花多來形容。水滿得如何，花又是些什麼花，這要請畫家去形容，所以這首詩，看來有必要去配畫。全詩是：

> 漠漠輕陰晚自開，青天白日映樓臺。
>
> 曲江水滿花千樹，有底忙時不肯來。

宋詞

橫看成嶺側成峰，遠近高低各不同。

——蘇軾＜題西林壁＞

這是詩人看山，也是畫家看山。看山的方向變換了，山形也因此而改變，即所謂「路迴山轉，景隨人移」是也。山水畫家喜歡「步步看」、「面面觀」，就可以得到更充分的比較。

歐陽修在＜遠山＞詩中，從另一角度說：「山色無遠近，看山終日行。峰巒隨處改，行客不知名」。這是歐陽修從「終日行」來描寫「山色」。本來遠的山，行到了，就是近山；本來近的山，走遠了，回頭一看，又成為遠的山，故無遠近可言。實則歐陽修所見之山，怎麼會沒有「遠近高低各不同」？

關於描寫山形遠近之變，明項守祖有詩云：「路轉岩亭仄，橋迴澗水彎」。可謂山形步步改。清錢賓王記寫雁蕩一帆峰，內有句云：「百二峰形各不同，此峰變幻更無窮」。他說一帆峰的無窮「變幻」，也是由於看山者的方向變換所產生。否則就無「變幻」可言。這在清代龔思的《雁蕩山》中說得更明白，龔詩云：「山外看山亦等夷，入山始覺眾山低」，如果詩人「入山」時再登得高一些，必然是「一覽眾山小」。

此外，清・李鑾宜遊雁蕩後，咏《常雲峰》，把遊人移步與視覺的變化結合起來描寫，可謂別開生面，並成為蘇詩「遠近高低各不同」的注腳。李詩云：「前峰雲入後峰掉，左峰雲出右峰繞。一峰陰成數峰晴，坐令遊人失昏曉。屏顏更有常雲峰，千仞巍峨極天表」。蘇軾的全詩是：

横看成嶺側成峰，遠近高低各不同。

不識廬山真面目，只緣身在此山中。

（第二句有作「遠近看山了不同」，又有作「到處看山了不同」。）

野水參差落漲痕，疏林欹倒出霜根。

扁舟一棹歸何處？家在江南黃葉村。

——蘇軾＜書李世南所畫秋景＞

李世南，字唐臣，工畫山水。官至大理丞。

此是蘇軾據李畫《秋景圖》寫的詩。首句與第二句，寫圖中所見。第三句，一半是寫畫景，一半是詩人發問。唯第四句「家在江南黃葉村」，則是詩人對李畫景色的概括。

此詩畫家喜讀，不少畫家又據此詩的第三、第四句，畫了好多幅《江南歸棹圖》，明清如王孟端、杜瓊、文震亨、高翔、王概、潘恭壽、奚岡等都有此作。

第三句，雕本皆作「扁舟」，據說原是「浩歌」，因所畫舟子張頤鼓枻，作浩歌之態，若以景色看，以「扁舟」較宜。

山色空濛雨亦奇

——蘇軾＜飲湖上，初晴後雨＞

這是對西湖風光入肺腑的描繪。這是詩，也是畫。米芾、李唐、夏珪以至高房山、王蒙等，都能以水墨畫出來。黃賓虹作《湖山煙雨圖》，說是在西泠橋曉望所得，可謂寫

盡「空濛」意趣。全詩是：

> 水光瀲灩晴方好，山色空濛雨亦奇。
> 欲把西湖比西子，淡妝濃抹總相宜。

> 渺渺孤城白水杯，舳艫入語夕霏間。
> 林梢一抹青如畫，應是淮流轉處山。
> ——秦觀〈泗州東城晚望〉

畫境齊備，可以落筆即就。因為孤城已有特定環境，人物活動，也有具體地點。動人處倒在「林梢一抹」，此是全圖最難放筆處。至於是否似「淮流轉處山」，可以另當別論，畫家不必去頂真。

有人說，「白水」易畫，「夕霏」不易畫。我以為在一局畫中，既有「白水」，又是「夕霏」，更難畫。

> 碧澗流紅葉，青林點白雲。
> ——林逋〈宿洞霄宮〉

碧澗、紅葉，青林、白雲，色彩何其鮮明，足使畫家「隨類賦彩」。詩意在「流」字與「點」字上，畫意也在這上邊。

詩與畫，畢竟不同，有的可畫，而詩無法表達；有的詩可寫，卻是實在難畫。如「露冷」，露可以畫，「冷」字難畫。又如「風竹」，畫家只要畫出竹勢，不畫風而風自生，又如有的畫家，只畫魚、畫蝦，偏不畫水，而水自生。此二句都是實景，似無虛景，畫家如落筆，虛處唯從「流」

與「點」中生。

細雨垂楊繫畫船

——范成大＜橫塘＞

此句富有畫意，讀之即明。明清畫家以此爲畫題者不
少。文嘉、楊文聰、楊晉等皆有此作。似乎都沒有把「繫」
字畫出來。此「繫」，非細雨如絲可繫，也非垂楊可繫。以
尋常解，繫者，情也，就作畫而言，繫者，意也，倘使只
畫出「細雨垂楊」和「畫船」，便是一幅「認畫識字」圖。
全詩是：

> 南浦春來綠一川，石橋朱塔兩依然。年年送客橫塘
> 路，細雨垂楊繫畫船。

情見於「年年送客橫塘路」。有著送別之情，則無論「細
雨」或「垂楊」，都「繫」得住「畫船」了。

唐畫詩中看

縱橫一川水，高下數家村。

——王安石＜即事＞

此是白描，筆墨無多，乾淨俐落。畫面有「縱橫」，有
「高下」；這邊是「一川水」，那邊是「數家村」，安排自然。
只是畫起來，切忌平平。若能平中出奇，要看「經營位置」
的苦心花多少。全詩是：

> 徑暖草如積，山晴花更繁。
> 縱橫一川水，高下數家村。
> 靜憩雞鳴午，荒尋犬吠昏。
> 歸來向人說，疑是武陵源。

梧葉新黃柿葉紅，更兼烏椿與丹楓。

只言山色秋蕭索，繡出西湖三四峰。

——楊萬里＜秋山＞

「繡出」二字極妙，道出了此畫是青綠的工筆山水。

王維詩中有畫，楊萬里詩中亦有畫。如「小荷才露尖尖角，便有蜻蜓立上頭」。又如「接天蓮葉無窮碧，映日荷花別樣紅」都是誠齋所作的好畫圖。

這首詩，儼如一幅《秋山圖》。梧黃、楓丹、柿紅、柏赤，全局暖調子，秋色燦然。更妙處，畫面有青青的「三四峰」，如此對比，益見西湖景色動。此不僅可作國畫，也可以作油畫、水彩，還可以作粉畫。

綠樹繞伊川，人行亂石間。

寒雲依晚日，白鳥向青山。

——歐陽修＜伊川獨游＞

此伊川晚晴風光。伊川在洛陽龍門。

四句四景。一言綠樹，二言行人，三言寒雲與晚日，四言白鳥與青山，合而言之，此即《青山春晚圖》。

萬壑有聲含晚籟，數峰無語立斜陽。

——王禹偁＜村行＞

若畫這幅景，有三難：一、畫「萬壑」，要畫出它的「有聲」，非易。二、畫「數峰」立斜陽，尤可，而要畫出「無語」「立斜陽」便不易。三、既要畫出「有聲」，又要兼畫

「無語」，做到恰當更不易。這是詩人爲難畫家，畫家應該有本領解其難。全詩是：

馬穿山徑菊猶黃，信馬悠悠野興長。
萬壑有聲含晚籟，數峰無語立斜陽。
棠梨葉落脂脂色，蕎麥花開白雪香。
何事吟餘忽惆悵，村橋原樹似吾鄉。

亂山無限好，幽徑有時迷。

———左緯〈雁蕩〉

畫「亂山」宜粗細，更宜寫其意，才得「無限好」；「幽徑」要細描，宜助深遠之景，才能敎人迷。故作此畫，需要粗中有細。全詩是：

亂山無限好，幽徑有時迷。
石骨秋偏瘦，松梢老卻低。
天寒聞雁過，月白見烏棲。
海上知名地，無人識馬蹄。

斷岩據險絕，峭壁凌寒空。

———杜范〈雁蕩山〉

雁蕩爲浙江名山，有詩云：「不游雁蕩是虛生」。歷代寫雁蕩詩者不可勝計。杜范此句，畫出斷岩峭壁，一險絕，一凌空，自是大觀。讀此後，想到歷代詩人寫雁蕩佳句頗多，皆可作畫題，是故摘錄一些附於此，以供同好者參閱：

唐畫詩中看

要看雲起水窮處，正在峰迴路轉時。

（元‧李孝光句）

水石漸窮雲路絕，紫崖千仞暮天青。

（明‧何丹邱句）

積翠中天疏處幽，侵雲飛蹻躡空游。

（明‧何丹邱句）

半崖有日飛晴雪，一壑無雲吼怒雷。

（明‧朱希晦句）

翠巘重重一徑通，奇峰怪石郁巃嵸。

（明‧謝省句）

靈湫一派自天來，時趁長風吹作雪。
風消水落似銀河，日射飛虹吐還滅。

（明‧朱諫詩）

石崖崒嵂排天末，老樹玲瓏隔斷橋。

（明‧朱諫句）

嶺路雲間出，禪堂（一作溪亭）樹半遮。

（明‧朱諫詩）

千層絕壁攀藤上，誰道崔嵬不可窮。

（明‧王光美句）

岩岩氣象壓山陲。

（明‧項守祖句）

峰峰削玉連天碧，危磴斜攀捫葛入。
怪石繞足白雲生，人在最高峰頭立。

（明‧項守祖句）

崖前晴瀑半空下，雲外漁舟何處歸

（明・朱文簡句）

飛瀑溟濛疑挾雨，孤峰夭矯欲排雲。

（明・焦竑句）

峰頭雲散見孤松。

（明・張佳胤句）

紅葉滿山秋未老，白雲沿澗水長流。

（明・陳玉句）

眼前無石不卓立，天上有水皆飛空。

（清・阮元句）

是山是雲不可辨，是雲是天更誰了。
乾坤一氣接混茫，雲上於天天淼淼。

（清・李鑾宜詩）

放眼直窮天內外，回頭不辨谷東西。

（清・龔思句）

唐畫詩中看

閒雲不成雨，故傍碧山飛。

——陸游〈柳橋晚眺〉

雲白山青，色調已明確。雲傍著山邊飛過，這是實景，
而這片雲，一是「閒」，二是「不成雨」，畫手倘能寫出這
點意味來，陸放翁必定上門吟詩題畫。全詩是：

小浦聞魚躍，橫林待鶴歸。

閒雲不成雨，故傍碧山飛。

雨氣分千嶂，江聲撼萬家。

雲翻一天墨，浪蹴半空花。

噴薄侵虛閣，低昂泛斷槎。

壯游思夙昔，乘醉下三巴。

——陸游＜冒雨登擬峴臺觀江漲＞

這是詩人登江西撫州（臨川縣）擬峴臺見到汝江漲水而寫下了這些景色。由於江漲水急，使他想到了昔日出蜀乘醉下三峽的景況。

前六句，除「江聲撼萬家」外，全都是有情有景的畫面。「雲翻一天墨」，「雨氣分千嶂」，都可以給擅長水墨山水的畫家去大顯身手。全畫幾乎無一處靜景，就是那隻「斷槎」，也正在隨著波濤而上下。畫家要捉住這一霎那，不只是要眼明手快，還要有敏銳的神思。劉勰云：「觀海則意溢於海」，陸游是意溢於江。畫家也需要有這樣的情意，否則，便是潑下了墨，而到了微妙處，恐難收拾。

233

春雨斷橋人不度，小舟撐出柳陰來。

——徐俯＜春游湖＞

用筆何其輕鬆，用色何其明快，活畫出一幅江南春景來。

此句詩味既濃，畫意也不平常。所以像這樣的佳句，歷代畫家取作畫題者不少。《繪事微言》卷二，輯有「畫題」，內分四季景色，編集古人詩句，誠如編者所言，專供畫家「下筆想頭有著落」。徐俯的這兩句，也被匯編了進去。現在，順便就《繪事微言》所輯錄的，摘錄數十句，作為畫家參考。

春景

青山渺渺波漾漾，白馬飛過時一雙。

斜橋曲徑帶流水，白石疏籬綠濃蔭。

立鶴低昂煙雨裏，行人出沒樹林間。

落花寂寂啼山鳥，楊柳青青渡水人。

春夏風高浪卷山。

柳迷春水寺，山帶夕陽樓。

柳塘春水漫，花塢夕陽遲。

野水多於地，春山半是雲。

春水鴨頭綠，曉山螺髻青。

春水渡邊渡，夕陽山外山。

一村花柳畫鳴雞。

千株松樹參天起，一個茅亭傍水安。

夏景

過雨著松色，隨山到水源。

橋低疑礙艇，樹密不遮亭。

野水連村暗，雲山隔岸青。

水抱孤村遠，山回一徑斜。

古路隨風起，秋帆轉浦斜。

岩亭交樹雜，石瀨瀉泉鳴。

橫雲層外千層樹，流水聲中三兩家。

數株古樹雲連屋，一個橫橋水滿湖。

野色更無山隔斷，天光直與水相通。

秋景

晴山疏雨後，秋樹斷雲中。

野竹通溪冷，秋泉入戶鳴。

亭皋木葉下，隴首秋雲飛。

荒城臨古渡，落日滿山秋。

江從樹裏斷，山入雨中無。

山嵐分竹翠，江雨入林昏。

江村屋雨外，野樹夕陽邊。

斜陽雨後山。

落木蕭蕭疏雨霽，泉聲飛出萬重山。

停車坐愛楓林晚，霜葉紅於二月花。

野寺山邊斜有徑，漁家竹里半開門。

獨立衡門秋水闊，寒鴉飛盡日沉山。

返照入江翻石壁，歸雲護樹失山村。

漁村寂寂孤煙近，官路蕭蕭眾葉稀。

夕陽遠樹煙生戍，秋雨殘落水繞城。

門開紅葉林間寺，泉浸青山石上池。

鴉翻楓葉夕陽動，鷺立蘆花秋水明。

冬景

雪迷寒樹短，雲壓夜城低。

遠嶼迎檣出，寒林帶岸回。

石床埋積雪，山路倒枯松。

野屋流寒水，山籬帶薄雲。

野戍荒煙斷，深山古木平。

千林霜重見松高。

雪意未成雲著地。

門對寒流雪滿山。

隔水叢梅疑是雪，近人孤嶂欲生雲。

雜景

小橋橫落日，幽徑轉層巒。

奇石依林立，清泉繞舍彎。

數聲離岸櫓，幾點別州山。

野水無人渡，孤舟盡日橫。

樹點千家小，山回萬嶺低。

好山行恐盡，流水語相隨。

行到水窮處，坐看雲起時。

相看臨水遠，獨自坐孤舟。

唐畫詩中看

　　以上之外，還不計其數。如「紅樹青山好放船」，「綠滿山原白滿川」，「一山千樹牛是煙」，「青山倒影水連郭」，「處處蒼崖飛白雲」，「拔起危峰萬仞雄」，「黃雲下墜黑雲浮」等，歷代畫家都曾以此作過畫題。

遠近皆僧剎，西村八九家。

得魚無賣處，沽酒入蘆花。

　　　　　　　　——郭正詳〈西村〉

　　詩中不僅有景，而且人物在活動。讀來不僅如畫，而且如電影。詩中所寫細膩，使人看到遠近的僧寺，又看到

稀疏的村舍。最後看到一個漁翁，因無處賣魚，索性掏錢
沽酒，自得其樂地把小漁船撐進了蘆花深處。電影看完了，
還給觀衆留下了無窮的詩味。

附記：

　　本篇所錄之詩原有一百零四則，自唐代至清代，共五 輯。
　　1966 年散失。現從別的殘稿中整理出唐、宋兩輯，只剩三十
　　八則。

卷二詩中觀畫畫中詩

卷三文字指點畫中山

柏閩百首論畫詩

讀李白、杜甫、白居易、蘇東坡、黃山谷等題畫詩，總覺得這些詩作，論起畫來，有一種言未盡而意能盡之的特點。誠然是，詩的餘味多，確實夠人去尋思。所以歷代詩人、畫家多有論書論畫的歌吟。如趙孟頫、吳鎮、沈周、文徵明、徐渭、朱耷、石濤、惲南田、鄭板橋、金多心、李方膺以至吳昌碩等等，無一不是一唱再唱。「意足不求顏色似，前身相馬九方皋」，「觸目橫斜千美朵，賞心只有兩三枝」，「見繁削盡留清瘦，畫到生時是熟時」，又有謂「胸中山水奇天下，削去臨摹手一雙」，「我從何處得粉本，雨淋牆頭月移壁」，這些等等，對於繪畫之論，可以說是千古絕唱。本著這個傳統，我在平日閒吟之餘，也寫幾首嘗試，現從積稿中選出百首，編為一輯，寫於李、杜的詩後，無非充數，並乞諸方家斧正。　　　　**一九九〇年十一月王伯敏記。**

卷三文字指點畫中山

　　巴蜀連吳越　　西東一畫中
　　不徙收萬里　　高處疊千峰

（此李白所謂「驅山走海」是也。杜少陵詩，「窗含西嶺千秋雪，門泊東吳萬里船。」可吟之以詩，也可以作之以畫。中國畫，寫長江萬里，也寫華岳千仞，為東方繪畫之獨特章法。我在《中國山水畫七觀法諛言》中詳述其理。「七觀法」即「步步看」、「面面觀」、「專一看」、「推遠看」、「拉近看」、「取移視」、「合六遠」。）

咫尺千山舞　依稀萬木榮

長河無點墨　似見筆縱橫

（凡畫：不畫雲，不畫水，而畫中雲水自見，此藏中之露。亦即虛中有實。民間畫工口訣：「畫了魚兒不畫水，此間亦自有波濤」，其理相通。）

樹屈龍蛇勢　冰消鳥篆文

淡毫開宿霧　凝水得氤氳

（筆墨妙用，書法可通畫法。松雪云：「石如飛白木爲籀」，其理已明。開宿霧之淡毫，當取松煙墨爲宜。至於氤氳之氣，與虛實有關，常以凝水、漬水、鋪水法得之。）

唐畫詩中看

斧劈千尋壁　披麻百丈泉

筆根圖迷遠　屋漏起風煙

（斧劈、披麻皆畫山之皴法。筆根、屋漏爲筆之妙用。迷遠用筆根，以其毛辣鬆動而致遠，風煙用屋漏，取其潤濕而能浮動。故云，畫之立形，至關立意。）

麝墨濃如漆　狼毫力似針

無妨憐白水　渴筆長精神

（墨有濃淡乾濕，使其對比，令人激賞。昔松江、新安諸大師多有專長此藝者。三百年來，程邃之後，唯黃賓虹在墨法上成就最大。）

錢半松煙墨　　縱橫萬壑松

巧鋒斜落處　　鋪水露華濃

（松煙入畫，別具風采。用宿墨至難，鋪水亦非易。賓翁
云：「墨不礙色，色不礙墨。」雖不礙，但相關也。）

嵐氣濃如酒　　點朱見似秋

點朱多積墨　　山盡水悠悠

（點朱，點赭而又積墨，以此法寫秋景極妙。黃賓虹善此，
層層點染，使千岩萬壑，極得渾厚華滋之致。）

漬水多清韻　　柔毫少激情

尋常飄沒處　　不必出奇兵

（漬水，為水法之一，非筆非墨，用得恰到好處，出入窮
奇，變幻莫測。「尋常飄沒處」，此已奇，若於此出奇兵，
不是奇上加奇，此乃床上架床，不能不慎。癸亥雙林墨河
畫苑盛會，陸儼少作《吳興清遠圖》，余題一絕於其上，
內有句云：「畫到神飛飄沒處，雲山肯計筆有無。」理皆
相若也。）

山麓有涼堂　　松杉嶺上蒼

白雲騰似浪　　落筆莫思量

（作畫宜經意，又宜不經意。以經意求不似，以不經意求
其似者為上乘。莫思量為不經意，實則又出於思量也。蓋
作畫，意在筆先，無有立形而不出其意者也。）

江水碧連天　　凝霜墨萬錢

春山無限翠　　全藉好松煙

（凝霜，極白；墨萬錢，極黑，黑襯出白，愈見凝霜之白淨。既可「知白守黑」，點可知黑守白。江水碧、青山翠，可用墨去表現。墨具五色，碧翠在其中矣！昔有人以水墨畫錦雞桃花，畫中仍不失五彩之美。「意足不求顏色似，前身相馬九方皋」。此陳簡齋妙語，論畫貼肉，成爲千古佳句，善哉！善哉！）

樹頂見蒼茫　　橫江天一方

橫江如白練　　容得萬舟行

（點景不易，妙在如點睛。點得妙時，一人、一鳥、一帆足矣。有人論曰：齊白石畫用「減法」，黃賓虹畫用「加法」。吾謂加減得法，皆臻其妙。）

唐畫詩中看

雲氣藏中露　　山嵐淡即無

個中神妙處　　亮墨勝明珠

（亮墨，黃賓虹所論。亮墨顯靈，猶如夜明之珠，「黑墨團中天地寬」，亮墨於其中作用甚大。）

幽谷青加紫　　秋林赭五錢

請君操水法　　潑出滿江煙

（作畫，素有筆法、墨法，至於水法。古人未曾立其說，近代黃賓翁言之，曾謂「古人墨法妙用於水，水墨神化，畫得佳趣」。余撰《中國畫之水法》，明確立水爲法，並闡

明其理。蓋水法有九種，即「水帶墨」、「水破墨」、「墨破水」、「色破水」、「水破色」、「漬水」、「鋪水」、「潑水」和「凝水」。）

點點萬舟行　　田田小嶼橫

山山佳似畫　　處處墨晶盈

（點點、田田，皆大中見小。山山爲遠山，染之以淡墨足矣。中國之畫，墨之爲用極大，用彩亦離不開墨。墨晶盈，墨中見色，白石翁常言：「墨破色者得晶盈之妙」，吾人不妨一試。）

山北梨花雨　　山西夕陽紅

畫中添六彩　　和墨便渾融

（善用色者，必善用墨。用和墨，令色清明，至於渾引，亦得和墨之效用。所謂六彩，五色之外加墨色也。）

秋盡江天闊　　春深澗水長

江天與流水　　妙處半宜藏

（露者在於顯。顯者宜善藏。全露之畫，一覽無餘，令人不可多看一眼。凡藏得妙者，敎人耐看。含蓄之表現，其中必有藏。是故繪畫以善藏妙露爲上乘。）

與可竹千竿　　個中盡是詩

杜公松石篇　未必畫相宜

（畫爲無聲詩，詩爲無形畫。詩畫相通，但不相等。畫中
有詩，詩中未必皆有畫。反之也如此。「小荷才露尖尖角，
便有蜻蜓立上頭。」詩中有畫。若按詩取景直畫，未必畫
中有詩也。）

作畫宜求熟　熟中務必精
毫端功力到　指墨自生情

（畫自生而至熟，又從熟中求精。既熟且精，若以生辣之
筆出之則更妙。板橋詩云：畫到生時是熟時，即是此謂。
又指墨畫，自有其格，無筆墨到地之功而莫辦，未見用筆
未善者，用指有法。高鐵嶺指畫，名重一時，功力在筆墨，
根底在造型。）

唐畫詩中看

彩墨畫長瓜　藤如草隸斜
瓜前候款處　一字抵千花

（落款用印，即可以全章法，又可以補畫意。畫有候款處，
如能趁畫勢而書則更好。近人潘天壽對此最講究。壬寅春，
余以此詩請閱潘老，潘曰：「有些畫，並不佳，但是款佳，
使之成爲佳構。」詩中說，一字抵千花，說成合理。這首
詩，若非平仄所限，千字可易萬字。）

金石千年壽　詩書百世傳
揮毫重磊落　點染莫求全

（金石壽，書畫樂，是故人皆喜之。昔論者又曰：文如其人，凡作畫，當重磊落昂藏之氣，此即畫品宜重人品之意。）

觀密影漢墓墼畫

打虎亭前野大風，漢時墓壁看玲瓏。
當年百戲和絲竹，擊鼓跳丸似老翁。

× × × × × ×

墨綠澄黃又施朱，畫工意寫出行圖。
斑斑剝剝輜車裏，莫問主人載酒無。

讀莫高窟《西方淨土變》

洞天四壁皆無聲，道是無聲勝有聲。
人愛藥師經變裏，點燈菩薩最多情。

敦煌莫高窟行並贊畫工

沙洲戈壁鳴沙麓，中有寶藏莫高窟。
昔年開窟樂樽師，自古沙門稱聖域。
輝煌四壁五彩圖，紫赭丹青皆奪目。
北朝壁上多本生，奇妙無比《九色鹿》。
隋唐經變三百間，畫裏西方爲極樂。
窟中猶繪供養人，少女拈花出帷幕。
體韻遒舉意連綿，出入窮奇見歷落。
不須多問張愛賓，似曾相識顧張陸。
經營正是不尋常，驅山走海成一局。

莫驚幾度鐵硯穿，不計長年晝秉燭。
可知一壁畫圖成，畫工淚滴三千斛。
淚盡語絕腸斷時，白骨長埋無人哭。
無人哭兮哭無人，紅柳知情舞大漠。
大漠而今水流東，東風西度勝於昨。
別時樽酒酹黃沙，吊罷畫工譜新曲。
東歸難忘此遠行，身在江南心向窟。

讀杜甫題壁上韋偃畫馬歌

不見草堂在，韋侯雙馬亡。
杜公知也未，千載存蒼涼。

唐畫詩中看

十月十一日（1973 年）於滬上讀懷素《苦筍帖》

葫蘆酒盡我無求，苦筍猶存海上洲。
聞道參禪人醉倒，依然走筆氣吞牛。

故宮讀「神龍本」《蘭亭序》

分明半印是神龍，之字蛇行萬變中。
若使右軍魂魄在，不愁煙雨太濛濛。

讀宋元畫偈成兩絕

李唐

密樹層崖十里灘，看之爲易作之難。
畫師白髮西湖住，引出「半邊」「一角」山。

高房山

煙雨濛濛碧水灣，疏疏淡淡見雲山。
尚書行到襄陽路，點染心隨無意間。

濟南鵲華兩山之行兼評
趙孟頫《鵲華秋色圖》

閒似無情最有情，鵲華山裏畫中行。
極憐松雪縱橫筆，寫出河南犬吠聲。

讀《富春山居圖》並紀念
黃公望逝世三百二十周年

富春江上太平灣，子久畫圖不勝看。
怔煞舟人雙槳舞，金灘過了又三山。
墨青和赭意連縣，皴裏披麻翠接天。
筋骨腕中原是鐵，癡翁一變壽千年。

富春江邊讀黃大癡
《富春山居圖》

一卷富春處處詩，半眞半假墨華滋。
乍看不似細看似，正是個中絕妙時。

仲圭水墨引

元代四大畫家之一吳鎮，字仲圭，一九九〇年庚午，為其誕辰七百十周年，嘉善文化界舉行盛會，歌八章以志勝。

梅花老衲道人身　，　行止四方但率眞。

林下參禪山月落　，　玄窗讀易武塘晨。

橡林一個老書生　，　筆底渾無用世情。

出手霜竿如屈鐵　，　黃昏葉葉聽秋聲。

三月道人事事忙　，　庵前問卜踏青霜。

白雲夢繞千里樹　，　瓦硯磨穿醉餘觴。

隔岸洲頭小泛舴　，　舴行沽酒老農家。

歸來猶問梅前石　，　冬至誰開第一花。

鬼谷山田石似牛　，　道人愛它不知愁。

畫中配作青竿友　，　不讓烏鴉立上頭。

灣灣水曲夕陽紅　，　遠岸近崖淡宕風。

知否舟人何處去　，　南華醉倒老漁翁。

江南雨後半山雲　，　墨潘淋漓已十分。

不計杏林春寂寞　，　一圖風韻在煙氳。

莫道梅花空有塔　，　而今祭掃必清明。

明清多少傳人筆　，　畫裏無聲聽有聲。

250

唐畫詩中看

題吳門畫八韻

近古吳門畫，個中禪味長。

沈翁唯好靜，父老一瓣香。

市隱卜安危，林居醉羽觴。

問道天池北，玄窗望八荒。

文人疑小乘，墨濡白雲鄉。

畫裡憐寂寞，詩文惡瑤裝。

高閣三元華，千山寫碧蒼。

今人不效法，規律至難忘。

讀徽刻古版畫

梨棗長年任所之，金剛剞劂舞春時。

嚴寒汗滴斜陽淡，一版神生百紙奇。

（此詩曾寄鄭振鐸先生，末句原「百紙宜」，
鄭老改「宜」為「奇」，今從之。）

徐渭逝世四百六十五周年
紹興舉行盛會　賦四章題畫

山翁花甲兩鬢霜，書屋歪斜老樹傍。

麝墨絪縕人未識，不比月下自徜徉。

五錢濃墨三壺水，丈二卷中百種花。

畫到芭蕉春帶雨，滂洋瀚渤滿天涯。

楮桑大寫老更狂，池水盡時夜未央。

四百年來三百軸，而今拱璧九重堂。

南腔北調人歸去，東倒西歪屋竊冥。

待到三春風雨過，青藤無不葉青青。

題內蒙古陰山岩畫十四韻

九月天高游北國，驅車大野青霜薄。
但見陰山岩畫多，中有牛羊馬和鹿。
畫圖高手游牧人，游牧歸來歠歠鑿。
心有神思刀有情，且刻草原春放牧。
單于出兵凱旋歸，過此山前亦作樂。
戰鬥圖成畫星星，復畫將軍出帷幕。
乘興持槍鑿一神，祈望來年馬解鋒。
更有行商北墾居，刻鑿標牌兼賣玉。
當時巫者亦畫圖，點劃之下山鬼哭。
畫耶鑿耶年復年，畫裏玲瓏總可憐。
縱然歲歲多剝落，猶存千圖映碧天
山前長使龍蛻舞，山後高歌不夜眠。
千圖散落一百里，圖雖斷裂意相連。
從容看罷東西谷，四首塞邊落日圓。

題廣西左江岩畫

削壁崩崖夕照紅，一圖磅礴水流東。
碧空作帳雲爲幕，江上千家畫障中。
魋髻方頭螞蚼身，掛刀形似越中人。
扣鐘擊鼓花山道，百里壯瑤舞綠筠。

黃賓虹研究會於一九八六年四月三
十日在北京成立，吟四絕代祝辭

燕山萬壽近瀟湘，馬上同人望八荒。

不忘師賢歌永夜，天明盛會讀書忙。

華樓高論九洲風，筆底縱橫五岳松。

黑密厚重多入道，創新難忘丈人峰。

十里京華麝墨香，範山模水寫蒼茫。

相逢正好清明後，鐵硯穿時夜未央。

北閣深宵斗墨磨，南樓共議十三科。

虹廬後輩長如此，五岳移來不嫌多。

恭題賓師《蜀山卷》寄呈陳叔通先生

心師造化萬山奇，著意峨嵋筆似獅。

絕壑斷崖雲水外，千松點染墨華滋。

讀《濱虹草堂圖》

淡墨輕毫別有風，草堂臨水對青峰。

主人當是吟詩去，書案空留一盆松。

題賓師鉛筆速寫冊

勾勒錢塘碧水灣，疏中求密意方閒。

雲煙不染漳州漆，別有絪縕淡淡山。

甲子黃賓虹誕辰一百二十周年，浙江省舉行紀念會賦此以記勝

虹廬傳世詩書畫，品德高兮望亦重。
早歲調琴且騎馬，中年攀越楚山東。
神通大耄變新格，化外有神補天功。
初月漸移蘆壁白，隔江雨歇夕陽紅。
青城密密重重染，黃岳層層漸漸濃。
宿墨三錢潤八極，禿毫一管擁千峰。
尋常鋪水思翁懼，鐵骨未教龔老同。
如此宗師堪稱絕，千秋無不頌春風。

浙江山水畫研究會成立賦八韻誌賀

汲得西湖水，細磨麝墨香。
葛嶺振雷鼓，展出百花堂。
畫山連五岳，畫水通三湘。
春來大野綠，筆底盡輝煌。
正是毛錐子，可以戰沙場。
簡中有六法，何妨海南揚。
噫吁兮鏘鏘，噫吁兮泱泱。
今朝相與舞，歌唱在錢塘。

杭州畫院戊辰雅集即席記之

彬彬雅集秋分日，一座高朋半席筵。
松下崖前流碧水，朱樓斜閣聽管絃。
驅山走海圖千里，解索披麻放手編。
無聲潑出三斗墨，有興染成一鼢煙。

暗門瞠目欽山懼，但見同人醉更禪。
日斜案上留眞蹟，多少詩情付大千。

悼潘天翁

筆似金剛杵，心爲天地寬。
畫師今不見，極蹟在人間。

謝成都石壺先生贈畫山水

聞翁長使濠池黑，凝墨飛霜筆似獅。
寄我青城山一角，錢塘八月馬行遲。

蜀人石壺來箋囑題山水冊

歪斜白屋水悠悠，數點丹砂便是秋。
畫興到來人似醉，牛如黑石石如牛。

壽天盧余任天先生七十

天老章虞鄉里人，古稀健步見精神。
三天奇想一天畫，八尺素箋萬里春。
綠螘杯中長守志，紫城巷尾貴安貧。
年來斗墨盛硯底，染了盧巾又出新。

壽林散翁八十

黃岳雲松不計年，青蔥承露海門巔。
莫愁湖上春不老，掃葉樓頭參畫禪。
虹廬一管獰猊筆，貴有翁多買墨錢。
功聚萬毫齊力處，動無虛散見纏縣。
奇恣飛逸正如畫，磅礴絪縕萬壑連。
點染從容山點點，大江臥對不翩翩。
錢塘明月知翁壽，八十長庚必滿千。

讀可染翁山水十韻

李翁萬趣融神思，走海驅山夜半時。
尋常向紙三五日，旦暮無聲墨華滋。
畫中黃岳奇雲海，鋪水十缸潑彩遲。
折釵屋漏兼解索，長管萬毫力似獅。
方圓長使西川渡，亮墨凝霜老衲知。
桑田畫裏千重疊，虛處氤氳便是詩。
筆端半是雲和月，腕底煙崖似翠羆。
詩耶畫耶令人醉，意耶境耶莫我追。
虹峰頂上寬無限，策馬曾經奮力馳。
而今磊落翁無極，南北歌吟仰大師。

謝唐雲先生贈畫竹雀圖

贈吾尺幅三錢墨，不齊之齊成一局。
經意揮毫似無心，春風吹雨千竿綠。

讀劉海翁《黃山圖》

海翁磊落膽如斗，萬毫齊力驅龍吼。

十上黃山北海頭，展紙丈長見渾厚。

雲來小住玉屏樓，麝墨時添三百岳。

嚇倒青藤陳白陽，驚煞復堂高南阜。

年來潑彩又潑水，一任縱橫立意奇。

且聽萬壑驚雷鼓，但看山千宿霧披。

渴筆堅凝秋瑟瑟，潤含春雨墨灘灘。

峰也巒也蹲似虎，水也雲也處處詩。

莫言王默長已矣，便是清湘又一時。

而今唯有觀海東，立地頂天眞大師。

贊謝海翁畫

大毫磨新瓦，畫樓盡日忙。

尋常三五筆，妙露善深藏。

沙孟翁九十大壽歌

鍾張二王長已矣，幸有當今璞墨多。

沙翁湖上見風骨，一筆沉雄大野歌。

墜石奔雷千獸舞，折釵過半勝芭陀。

神州請聖正書道，北國雷消長綠禾。

都道西冷春不老，扶桑快慰吶囉囉。

噫乎吁塔塔，噫乎兮梭梭。

看山看水平居日，雨急風狂瓦硯磨。

萬劫須彌山果熟，維摩無恙笑生渦。

祝翁長壽如松健，紙貴洛城詩滿廬。

記長沙帛畫兼呈郭沫老

（長沙出土戰國帛畫，郭老對此評價極高。秋初（1961
年），余提出商榷。入冬得其覆信及附詩，內詩云：「長沙
帛畫圖，靈鳳鬥惡奴，善在河矯健，至今德不孤」。知其堅
持原來看法，余又奉書，並賦此以呈。）

帛畫埋深塚，千年石壁封。

素絲多斷裂，彩色尚迷朦。

漫寫細腰女，碌碌楚人風。

上繪飛天鳳，旁圖起臥龍。

龍鳳引魂魄，正與離騷通。

且掘長沙土，物證必無窮。

論詩與畫

詩中白髮三千丈，畫裡吳淞水半江。

待畫碧空南北極，案頭細認爲雙雙。

論畫

莫計毫端拙，但憐畫有情。

丈人求畫趣，畫趣出天眞。

（畫之巧固然佳，拙亦無妨。畫有拙勝巧者，蓋拙有關美故也。畫要有神、有勢、有骨、有氣、有韻、有意、有趣，以有神爲最貴。東坡云：「退筆如山未足珍，讀書萬卷始通神。」乃謂作畫不能只憑一點技藝，要「通神」，還得有學養。再者，繪畫表現，必須自自然然，即八大山人所謂「渾無斧鑿痕」，石濤說得更明白，「畫法關通書法津，蒼蒼茫茫率天眞」，一句話，作畫要無縱橫造作之習，能率眞，即上乘矣！）

法盡理無盡　　理盡法又生
畫法本無價　　無聲勝有聲

（石濤《題春江圖》云：「書畫派小道，世人形似耳。出筆混沌開，入拙聰明死。理盡法無盡，法盡理生矣。理法本無傳，古人不得已」，余反而論之，未必不在理。蓋作畫可以在理法之外，則無法無天，然而理終無盡也。）

跋《中國繪畫史》稿

光陰似流水，平居斷事難。
華髮催人老，秉燭不令閒。
元謀載卷首，卷尾大聲灣。
九章論歷落，華岳不勝攀。
十載七易稿，猶是路漫漫。

秦漢六朝畫，重樓數落花。

唐宋及元季，畫苑映落處。
史家分南北，南北各千家。
修史選其俊，恰似淘流沙。

治史素非易，論評但率眞。
率眞入正道，字字見精神。
寧拙毋寧巧，善釀得清醇。

賓翁老夫子，昔日贈我詩。（注）
詩中見鞭策，落日故遲遲。
令我追彥遠，不畏冰霜時。
丙午初成稿，尺稿白屋藏。
當時秋寂寂，晝夜蠹魚忙。
百千字無奈，十載兩滄桑。

唐畫詩中看

　　噫吁嘻兮！噫吁嘻！
春風一日起幽燕，萬里神州百卉香。
寒溪水碧有青草，冰雪崑崙化瓊漿。
而今尺稿聞付梓，喜我畫竹一丈長。
丈長墨竹枝頭綠，但見新枝舞八荒。
（注）黃賓虹詩
《贈王君伯敏》：「一個甌山越水人，長年劬學
竹相鄰。論評南北千家畫，君有才華勝愛賓。」

論書畫用印寄賴少其先生

天成畫趣近長康，妙有書姿似二王。

若也個中無一印，教人窮議不成章。

曼聲兄惠示家藏青籐《籬菊圖》賦此以答謝

青籐籬菊君家寶，八大白荷我處藏。

都是文人閒草草，三分形似七分狂。

客東京谷村憓齋府上讀畫論詩

珍藏高閣先賢墨，道是無聲勝有聲。

不忘主人人意好，更深邀我畫中行。

書畫樂

十日一水五日石，畫事應將光陰惜。

松墨細磨年復年，任人議論癡與癖。

古來癡癖皆成家，成家不計青州璧。

三天無語苦沉思，達旦支頤只自知。

畫耶詩耶九天外，筆耶墨耶日舒遲。

莫教朱墨染空闊，空闊但看萬馬馳。

五岳為師松為友，千杯不醉倦游人。

畫來開合藏露巧，看似無心意率眞。

率眞畫裏可人拙，拙到稚時愈有神。

噫吁兮，噫吁兮，方圓藝絕神鬼哭。

萬里滄洲天為屋，方圓曲直通八荒，

直令詩吟書畫樂。

自題山水大幅

雨細風斜落蕃天，半溪桃李半溪煙。
漫將隔宿三錢墨，染出九龍百尺泉。

一九八〇年初夏與童中燾合寫《三峽圖》應新加坡友人索畫

雲外翠微綠欲濃，布帆爭捲夕陽紅。
西陵歲歲千家好，山舍江樓入畫中。

唐畫詩中看

與國畫家山水科諸生論用墨用水

側爲石面中爲壑，實處宜人盡是煙。
密樹間添新宿墨，輕輕舖水意連緜。

辛酉除夕作畫消遣

窗前萬蕊一枝橫，隔舍鐘聲聽二更。
秉燭樓頭磨斗墨，丈山尺樹畫春晴。

陸儼少先生爲「墨河畫苑」作《吳興清遠圖》，囑余題詩，賦一絕

吳興清遠趙公作，今日雙林陸老圖。
畫到神飛飄沒處，雲山肯計筆有落。

題濡韻老畫《百步雲梯望月圖》
巨石崢嶸不計年，松杉承露夜安眠。
雲梯百步朦朧月，曾照長城萬里煙。

題香溪東流小品
畫裏一回頭，湖光在北樓。
樓前鳴翠鳥，嗷嗷惜東流。

題畫興來
興來潑墨破三疆，咫尺山川霧裏藏。
畫到妙時無完局，猶為斷句可成章。

興來走筆千山出，興盡支頤半點無。
春日燈前微醉後，萬竿鳳尾綠平湖。

遣興揮毫
昨日畫山千萬筆，今宵又染墨三錢。
一圖濃密虛河處，只在雲間水腳邊。

題畫穿岩

穿岩峰下石玲瓏，樹樹迷離淡淡風。

陌上桑枝如屈鐵，正宜寫意不宜工。

遊山有感並題畫

南北東西谷，遊人步步看。

雲煙遮不住，一目奪千山。

題山水卷

嵐氣濃爲酒，松濤聽似雷。

從容過石堅，萬壑夕陽開。

（萬壑夕陽開，又一意境也，傅抱老曾云，於遠處抹
一筆淡朱砂即可，不信，請諸君一試如何。）

唐畫詩中看

畫竹千竿

莫嫌湖上書樓小，子夜案頭天地寬。

忙裏偷閒吟一絕，還將綠墨畫千竿。

題《竹山圖》

筠溪極目郁蔥蔥，短笛聲凝畫障中。

十里恆橋飛翠谷，千山萬綠舞南風。

題水谷萬竿圖

水谷山村二月初，一天細雨樂游魚。

萬竿秀發春江綠，日日東風葉葉舒。

自題雨竹圖卷

從容放筆三竿竹，淡淡濃濃密密疏。
疏處一枝添宿墨，任它雨裏寫舒徐。

題墨荷

松煙歙墨西湖水，直令青蓮帶露開。
池水已涼添雜草，清風旦向花上來。

燈下畫黃山圖

雲滿黃山山欲雨，松聲更比水聲清。
開毫但見黃昏月，畫罷鐘聲聽二更。

題畫

密密疏疏樹，濃濃淡淡山。
畫中多是趣，落筆半偷閒。
（半偷閒為不經意，畫中之趣，往往以不經意之筆寫來。）

自題湖山圖

讀書倦了畫雲山，落墨燈前不令閒；
淡淡濃濃多是趣，小舟添在水灣灣。

辛未後記

　　這本編著，以第一篇零零星星開始動筆，至今不覺已逾四十年，即就杭州出版以來，也將近十寒暑。不少朋友催促我再版，有的還希望我把李、杜論畫詩譯成語體。對後者，我又作了嘗試，譯了十多首，自己怎麼也不滿意，只好塞到書篋裏，以此藏拙。於是我笑自己，畢竟不是馬要褭，「故勿能越睩谷丈二之地」，奈何！

　　今年春天，李慧淑女士自美國耶魯大學來到了杭州，談起這本稿子，承她作介，又承臺北東大圖書公司同意，得以出版。我對本書作了五項補充；一‧原來只有卷一部分，現在增卷二和卷三；二‧對卷一正文，增添論述十多處；三‧對卷一李白詩，增《酬張司馬贈墨》一首；四‧對卷一李白、杜甫的全部論畫詩，加注釋二百二十多條；圖頁部分，有更換，也有補充。所以東大圖書公司承印本書，並非原先稿本的這點內容，猶如一竿修竹，添了新枝，長了新葉，「已非昨日村前見，卻是欣欣別樣姿」。叢書主編羅青先生建議，將書名稱之為《唐畫詩中看》，我表示同意，並寫了一絕，伸述其義。小詩云：「春秋有佳日，唐畫詩中看。沈思接千載，求索路漫漫」。

　　最後，還想再說一句。我在《庚午春於半

卷三　文字指點畫中山

唐齋咨客問》的六首詩中，內一首有句云：「著述常嫌丸作九，悔敎磨墨太匆匆」。「丸」與「九」，只一點之別，而意則全異。今我的編著，深恐未免「丸作九」，甚希賢達多有雅敎，以匡不逮。

公元一九九一年五月十九日王伯敏於杭州西湖

唐畫詩中看